아마 평생 사랑할 너에게

아마 평생 사랑할 너에게

초판 1쇄 인쇄 | 2023년 12월 5일
초판 1쇄 발행 | 2023년 12월 15일

지은이 | 김새벽
펴낸곳 | 자유로운상상
펴낸이 | 하광석
디자인 | 김현수(이로)

등   록 | 2002년 9월 11일(제 13-786호)
주   소 | 경기도 하남시 미사강변중앙로 204번길 11 1103호
전   화 | 02 392 1950 팩스 | 02 363 1950
이메일 | hks33@hanmail.net

ISBN 979-11-983735-2-6 (03810)

김새벽 지음

아마
———————— 평생 사랑할
너에게

자유로운 상상

글은 처음에 단순히 일기로 시작했다.

사랑이란 게 너무도 어려워서, 감조차 잡을 수가 없었다.

사랑이 궁금했다.

무엇으로 시작해서 어디가 끝이라 정해야 할지부터

어떤 것에 의미를 두고 어떤 것을 가볍게 넘겨야 할지

그걸 가늠조차 할 수 없었다.

그래서 무작정 글을 쓰고, 무작정 사연을 들었다.

어느새 글은 태를 갖추고, 사연은 고민 상담이 되어

다양한 사랑 이야기를 접하고 공감하고 조언했다.

아직도 "무엇이 사랑이다."라고 나조차도 정의할 수는 없다.

나도 지금 사랑을 하고 있는 사람 중 하나일 테니깐.

이 책은 그런 이야기이다.

흔하디흔한 사랑 이야기.

당장 내 가족과 친구, 옆자리 사람과 스쳐 지나가는

사람들의 이야기.

"무엇이 사랑이다."라고 정의하지는 않겠다.

사랑의 의미는 모두에게 다른 거니깐.

하지만 "무엇이 사랑일 수도 있다."라고 쓴다면

펜을 휘두르는 것에 조금의 망설임도 남기지 않으려 한다.

그런 사랑의 의미를 모았다.

흔한 사랑 에세이가 되지 않겠다는 마음으로 썼다.

그저 내가 겪었던, 보았던, 들었던 이야기들.

하루 끝 당신의 새벽에 당신이 내게 들려준 이야기들을

모았다.

그래, 이건 하루새벽의 이야기다.

어렵게 생각하지 말라는 말이다.

내가 처음 글을 쓰기 시작했던 일기처럼, 이 책은 우리의

사랑 이야기를 담은 일기장 같은 책이니깐.

그 일기장의 시작은 작은 글로 시작하려 한다.

Chapter

"이제껏 우리의 설렘은
그저 물건 하나, 단어 하나에서
시작되었다."

part

너를 좋아해,
너는 아닐지
모르겠으나

나의 무채색 세상

그렇게 말했어야 했다.
나의 무채색 세상 속 유일한 색을 가진 너를
스쳐 지나갈 순 없었다고.

첫눈에 반하다

하물며 오늘 맞은 한 줌의 바람도
다시 만나지 못할 텐데.
너라고 아쉽지 않겠니.

아쉬워
다시 기회가 없을까 봐.
지금이 아니면 안 될 것 같아서
너에게 달려간다.
"저기 아까부터 계속 봤는데요……"

하물며 오늘 맞은 한 줌의 바람도
다시 만나지 못할 텐데.
너라고 아쉽지 않겠니.

솜사탕

손에 물 한 방울 안 묻히고 너에게로 간다.

손 닿으면 녹아내릴까 봐.

그렇게 불안해한다.

당신도 녹아 없어지진 않겠죠.

내가 좋아하는 사람은

솜사탕이 물에 닿듯 녹아내려 흔적조차 남기지 않았어.

달고 행복한 감정은 내가 나타나자 모두 사라졌지.

불안했어.

꼭 내가 좋아해서 사라지는 것 같아서

내가 좋아하지 않았더라면, 내가 만지지 않았더라면

곁에 계속 남아있을 것 같아서.

너를 좋아하며 동시에 불안해한다.

그리고 고대하던 데이트 날 손에 물 한 방울 안 묻히고

너에게로 간다.

손 닿으면 녹아내릴까 봐.

그렇게 불안해한다.

당신도 녹아 없어지진 않겠죠.

미리보기

얼굴을 보는 걸 좋아한다.

통화가 아닌

카톡이 아닌.

당신도 모르게 드러나는 표정으로

당신을 미리보기 하니깐.

너와 약속을 잡는다.

시간이 남아서가 아닌 겨우겨우 시간을 내어서.

얼굴을 본다는 건 다르잖아.

그 순간 나오는 표정, 말, 감정을 수정 없이 볼 수 있다.

꾸며내지 않은 서로의 모습을 얼굴을 보는 걸 좋아한다.

통화가 아닌

카톡이 아닌

당신도 모르게 드러나는 표정으로

당신을 미리보기 하니깐.

꽃놀이

진짜 꽃을 보려는 거겠냐.

그 핑계로 너를 보려는 거지.

벚꽃이 피었다.

봄은 나도 모르게 오는 법이니깐.

꽃놀이 약속을 잡았다.

넌 내가 생긴 것과 다르다고 했지.

평소와 다르게 입고 너를 만나 걸음을 옮긴다.

짓궂게 너는 나에게 계속 왜 꽃을 좋아하냐고 묻는다.

너는 아직도 참 모르는구나.

진짜 꽃을 보려는 거겠냐.

그 핑계로 너를 보려는 거지.

이건 사랑일까요.

한강 위에 흔들리는 둥근 달을 보며 그대를 생각한다면

이건 사랑일까요

헷갈렸습니다.

원래 달이라는 게 "오늘이 보름인가,," 떠올리며 맞추는

존재였으니깐.

또 헷갈렸습니다.

퇴근길에 지하철 창을 바라보다가 불현듯이 그랬습니다.

한강 위에 흔들리는 둥근 달을 보며 그대를 생각한다면

이건 사랑일까요

폭죽

높이 오르다가 어느 순간 만나선 타다닥 타올랐다.
그대를 만나니 내가 그래 버렸다.

아마 평생 사랑할 너에게

마지막 DM

내가 너에게 할 수 있는 표현이라곤
마지막 DM에 하트 하나 공감하는 거겠지.
내가 너에게 할 수 있는 표현이라곤
마지막 DM에 누른 하트 하나겠지.
내 마음을 담아, 온 맘을 담아

그대의 마지막 DM에 살포시 '좋아요'를 누르며
내 마음에 담아 놓는 걸 그대는 알까요.

너의 첫 번째 설렘.

너는 처음 느꼈던 설렘을 기억하는지.

그게 누가 되었든 언제였든.

갑자기 일어난 일이든 예정되었든 일이든.

그날이 좋았든 좋지 않았던.

모두에게 다르지만, 모두가 기억하는.

에로틱함 없이 이루어지는 순수한 사랑을.

아마 평생 사랑할 너에게

녹아버린 아이스크림

넌 모르겠지.
날 설레게 한 건 녹아버린 아이스크림이었음을.

그날 있잖아.
술자리 중 누군가 사 와서는 다 같이 먹은 아이스크림 말이야.
원래 차가운 걸 잘 못 먹던 나는 쉽게 녹아버리는 아이스크림 바를 먹지 않지만, 그날은 어쩔 수 없었어.
테이블에 하나둘씩 올려지던 나무막대와는 다르게 아직 반절 남은 나의 아이스크림은 녹아내리기 시작했지.
녹아내리는 아이스크림을 감당하지 못하겠다 판단한 나는 빈 잔에 아이스크림 올려놓고 화장실에 가서 손을 씻고 왔지.
그런 나는 보고 말았던 거지.
내가 취했을까 살피다가 다른 게 조금이라도 묻을까 내

가 올 때까지 내 아이스크림을 들고서 왼손에 물티슈 하

나 쥐곤 나를 기다리던 너는 모르겠지.

날 설레게 한 건 녹아버린 아이스크림이었음을.

너만 바라보다

한참을 너만 바라보다 사랑에 빠졌다지.

핸드폰 액정에 반사된 햇빛에 눈이 부셔 고개를
돌리다가
그저 평소와 같이 너를 보았는데, 오랜만에 맑은 하늘이
문제였는지.
그날따라 선선한 바람이 문제였는지.
옆에 내가 좋아하던 솜사탕이 있어서였는지 그만, 너를
빤히 쳐다보게 되었다.
평소와 다를 것 없던 너를 빤히 쳐다보다가
나는 그만 너를 좋아하게 되어버린 것 같다.
우리는 친구라며 말하던 내 입을 과거로 돌아가 틀어막
고 싶다는 생각을 잠깐 했다. 그만큼 후회가 되었다.
분명, 오랜만에 맑은 하늘이 문제였던 거겠지.
맞아, 그랬던 걸 거야.

뭐해

지금쯤 뭐하려나

아, 또 생각해 버렸다.

"뭐해?"

학창 시절 연애는 늘 그랬는데

단 두 글자에 심장이 뛰는

그 작은 물음에도 살아있음을 느끼는,

어른들이 젊다고 하는 건 어쩌면 심장이 뛰는 것을 느끼

는 때라서 그런가 봐.

나도 모르게 뛰는, 나도 모르게 너를 생각하는

아, 이젠 어리지 않는데 또 뛰어버렸다.

지금쯤 뭐하려나

아, 또 생각해 버렸다.

또다시 너를 생각해 버렸다.

아마 평생 사랑할 너에게

나는 사랑보단 썸이 좋아서.

책임감 가득하게 이어가며 누굴 위해 희생하고 누구의 희생을 받으며 살아가는 것보단 줄 수 있는 것보다 조금 무리한 것도 넘어갈 수 있는, 의무를 다하지 않아도 애초의 의무라는 기준 자체가 모호해 욕할 수도 없는 지금 이런 것이 더 좋아서.

오늘도 어제완 다른 이를 만나고 손깍지 한두 번 끼다가 집에 돌아와선 화장을 지운다.
씻고 나와선 침대에 누워선 핸드폰 잠금 풀자 쏟아져 내려오는 채팅방들은.
다들 각자의 방식으로 나의 안부를 묻고 표현한다.
적당한 이모티콘과 기프티콘이 오가는 흔히들 말하는 확실치 않은 관계들을 중복해서 가져가며 나는 그렇게 누구에겐 나쁜 년이 누구에겐 사랑스러운 사람을 오고가며, 하루하루를 채워나가게 한다.

나는 사랑보단 썸이 좋아서.

책임감 가득하게 이어가며 누굴 위해 희생하고 누구의 희생을 받으며 살아가는 것보단 줄 수 있는 것보다 조금 무리한 것도 넘어갈 수 있는, 의무를 다하지 않아도 애초의 의무라는 기준 자체가 모호해 욕할 수도 없는 지금 이런 것이 더 좋아서.

오늘도 욕이 써진 맨 아래 보지도 않았던 채팅방을 나가며, 오늘도 마음을 다짐한다.

이게 사랑이 아니라고 말할 수 없어.

나의 사랑은 이런 사랑이라

나의 마음은 이 정도 마음이라

너에게 오늘도 가벼운 선물 하나 주며 너를 달랜다.

미안해, 나는 가벼운 사랑이 좋아서

사실 이게 나에겐 조금 무거운 사랑이라서

상처받을 바엔 지금이 나으니깐.

아마 평생 사랑할 너에게

일회용품

나에겐 들어가기에 너무 힘든 너희 집 칫솔꽂이

어쩔 수 없이 네 자취방에서 자는 날에는

너는 나에게 일회용 칫솔을 주었다.

내가 이곳에서 향기를 숨기면 버려질

나의 칫솔은 미리 제자리를 찾는 듯이

내 입속으로 들어갈 때마다 시선을 쓰레기통으로

두게 했다.

물론 너에 대해 충분히 알고 이해한다.

물건을 정리할 자신이 없다며 애초에 물건을 정리하는

네가 나에게 일회용 칫솔을 주는 이유도.

근데 나는 그게 유독 힘들었다.

그래서 너의 품에서 네가 먼저 잠에 든 뒤에 얼굴을 보며

나는 오늘도 칫솔 생각을 한다.

나에겐 들어가기에 너무 힘든 너희 집 칫솔꽂이와

쓰레기통에 끝머리만 남기고 사라진

나의 칫솔을 떠올리면서.

아마 평생 사랑할 너에게

진눈깨비.

"눈 아니네, 진눈깨비네."

진눈깨비 오던 날이었다.

눈 같아 보이지만 눈이 아니던

만지면 녹아내려 모두 그렇게 말했지.

"눈 아니네, 진눈깨비네."

그게 첫눈이길 바랐다.

우리가 만나게 되는 날이 첫눈 오늘날이라 기억될 수 있게

그렇게 너에게 고백하고 돌아가며 나도 그렇게 말했지.

"눈 아니네, 진눈깨비네."

눈 같아 보이지만 눈이 아니던.

만지기 전에는 보이나, 만지면 녹아내리는.

좋아질까 봐.

그 사람이 좋아질까 봐 도망가고픈
그런 두려움도 있다는 걸 아나요.

당신이 좋아질까 봐.
고작 나라는 사람이 당신을 좋아해서
당신에게 보낼 문자를 고르고,
오늘 나눌 얘기를 준비하고
당신과 함께하는 미래를 꿈꾸고 바랄까 봐.

도망쳐.
나의 아픔이 당신을 삼키지 않게.
아직 내 어둠을 보이지 않았을 때,
내가 조금이라도 빛나는 사람으로 기억되게

"그럼에도 나는 너를 놓지 않을 거란 거 알지?"

아마 평생 사랑할 너에게

나의 무채색 세상

그렇게 말했어야 했다.
나의 무채색 세상 속 유일한 색을 가진 너를
스쳐 지나갈 순 없었다고.

세상이 무채색으로 칠해졌다.
어느새 감각 없이 감정 없이 생활을 했다.
집에 와서도 스멀스멀 올라오는 색들을 불을 켜지 않으
므로 가려내었다.
올라와 색이 나를 덮으면 내일의 무채색의 세상이 더 힘
들어지니깐. 그런 세상을 살다가 너를 보았다.
유일한 색을 가진 너를 난 지나칠 수 없었다.
그리고 나는 그 사실을 너에게 말했어야 했다.

"나는 오늘도 무채색 속에서 그렇게 살아가겠지."

아마 평생 사랑할 너에게

니가 보기에도 나 조금 취했나.

취기를 빌려선 너를 바라보았다.

취기 조금 올리고 텐션 조금 낮추고선 너의 얼굴 보고 배
시시 웃었다.

지금이 아니면 너를 똑바로 쳐다보지 못하기에 난 약간
의 취기에 기대어 너를 바라보았다.

지금이 아니면 안 될 것 같아서, 취기를 빌려선 너를 바라
보았다.

취해서 그랬을까. 다른 건 몰랐으나 하나는 알 수 있었다.

"사랑이었다. 이건 사랑이 아니면 설명이 되지 않았다."

옛날 노래

주단綢緞
품질이 썩 좋은 비단.

너를 데려다주고 돌아가는 길엔
오늘 하루 종일 니가 부르던 옛날 노래를 불러.
최근 리메이크되어 떠버린 옛날 노래를 말이야.
너에게 오늘도 어김없이 보여주는 내 마음처럼 어둑어둑
한 골목 띄엄띄엄 가로등으로 모습을 내었다 감추었다
하면서.
이상하다 말하면서도 계속 묵묵히 듣다가 어느새 외워버
린 노래를.

"그대는 아는가 이 마음 주단을 깔아놓은 내 마음
사뿐히 밟으며 와 주오 그대는 아는가 이 마음"

아마 평생 사랑할 너에게

오롯이 그 마음이 되어.

마음을 보여주려 해도 너는 나를 가로막고

나의 입을 막았지만.

이젠 주체할 수 없는 감정이 나를 집어삼켜선

이젠 내가 오롯이 그 마음이 되어.

네 앞에 서는 것조차도 그 마음이 되어.

내 마지막 노력은 고작 너의 앞에서 멀어져 먼 곳에서

너를 바라만 보며 그 마음으로 너를 사랑하는 거였다.

동화라는 말이 있어.

다르던 것이 서로 같게 되는 그런 말이.

그게 일어나길 바라는 거야. 동화同化 되길.

내 이성과 감성이 다르다가 같아졌다.

동화되어선 그렇게 되어버렸지.

그러니 우리의 마음이 동화되길 바라.

동화되어서. 오롯이 그 마음이 되길 바라.

무드등

당신도 이럴까.

내 소중한 걸 다 보여주고 내주고 싶을까.

나처럼.

나 혼자 쓰기에도 모자란 잔고와 그것조차 다 주고 싶은

마음

상반되는 결정 속에도 나는 한 치의 고민이 없었지.

오늘도 너에게 필요한 것을 찾는다.

사랑이 참 바보 같아서.

사람은 참 바보 같아서.

우리가 얘기하는 것처럼

나는 너만 바라보기에 바보인 걸까.

그럼 어떨까.

나의 것을 나누어 너의 아픔을, 비어있는 사랑, 있어야 할

공간을 채운다.

아마 평생 사랑할 너에게

내 공간이 조금 줄면 어떠하리.

선물을 받아낸 너의 미소에 비하면

조그마한 꼬마전구의 빛인 것을.

더 밝게 빛나라.

나의 불이 다 꺼져도, 그땐 너에게 주었던 내 마음으로 다
시 밝혀질 수 있게.

물건 하나가 가진 의미

행복해.

너에게 받은 선물이라.

값어치를 떠나서 보고 느낄 수 있는 너의 마음이라.

나에겐 그저 다른 것과 똑같은 물건은 아니게 되겠지.

신기해.

하루 종일 피곤에 절어서 의미 없이 살다가

너라는 의미가 담긴 물건 하나에 하루가 의미 있어진다는

게 나는 너무 좋아.

다른 것보다 그게 너라서

그러니깐 내 말은 너라는 존재가 내 삶의 이유가 되어

줘서

그냥 그게 너무 좋다고.

너를 바르고 느끼고 맡겠지.

그렇게 너는 나에게 스며들겠지.

나를 보호하고 따듯하게 해주겠지.

결국 너도, 나도 서로에겐 없어선 안 될 존재가 되어가 겠지.

전하지 못한

내 마음을 전하면 넌 떠날 거잖아.

그럴 거잖아.

오래 고민했어.

너에게 내 마음을 보여야 할지

감추어 버려내야 하는지

좋아하는 등의 그런 흔한 물음은 하지 말자.

고작 그런 질문 따위 고민조차 하지 않고 이런 고민을 애

기하는 건 아니니깐.

오늘도 하루 종일 너를 기다리다가 막상 너를 보고도 전

하지 못했다.

전하지 못한 것을 누구의 탓으로 돌려야 할까.

나 아니면 결국 너일 텐데

누구의 탓인지 그것조차 정하지 못한다.

생각해 보니 이유는 너무도 간단했다.

혹시 지금 뭐냐고 묻는 거야?

그거야 당연하지.

내 마음을 전하면 넌 떠날 거잖아.

그럴 거잖아.

우리 둘 다 알고 있는 걸

모른척하는 너도 네 마음을 전하지도 않고 이런 말을 하
는 나만큼 이나마 이기적이구나.

아아, 너는 나와 닮은 점이 많은 사람이었지.

그래서 내가 좋아하는 거였지.

맞아, 그랬었네.

밀린 카톡

카톡 방을 열 때마다 쏟아지던 너의 연락이 좋아서.
시간 때 다르게 차곡차곡 쌓아놓은 네 연락에 얼굴을
파묻었다.

혼자 뭐가 재미있다고 이렇게 웃는 건지 모르겠다.
바쁜 일에 치여 살며 너에게 답장 한번 못하다가
겨우 열어본 카톡 방은 누르기도 무섭게 수십 개의 말풍
선으로 가득했다.
조잘조잘 말이 많은 너의 연락을 보며
나는 다시 안심하고서 잠깐이나마 밀린 카톡에 답장한다.
그러다 그만 좋아서 웃으며 얼굴에 핸드폰을 가져다 댄다.
카톡 방을 열 때마다 쏟아지던 너의 연락이 좋아서.
시간 때 다르게 차곡차곡 쌓아놓은 네 연락에 얼굴을 파
묻었다.

띄어 쓰기

너는 보이니.

띄어쓰기 없이 써낸 내 고백의 의미를.

너는 나에게 가끔 왜 이리 답이 늦냐고 물었다.

맞춤법 교정을 하느라

내가 띄어쓰기를 잘하지 못해서. 라고는 말할 수 없었지.

그런 너에게 오늘은 내 마음을 말하는 날

어쩌면 나의 떨림은 띄어쓰기로 보일 테지.

띄어쓰기없이이렇게말하는건

너와 나에게 조금의 거리도 두고 싶지 않은 거지.

그 한 번의 띄어쓰기가

우리를 멀리 떨어뜨릴까 봐.

한 걸음 다가가기 이리 힘들었는데

고작 스페이스바 한 번이 떨어뜨려 놓은

우리의 거리를 다시 좁히려면 난 한주는 필요할 테니.

아마 평생 사랑할 너에게

고작 그 정도의 거리가 아니야.

한 걸음도 너와 나에게 이상이 있으면 안 되니깐

나는 오늘도 '검사' 버튼을 누르는 거지.

석촌호수

네가 보고 싶어서 보러 가는 길이야

갑자기 말해서 미안해.

근데 보고 싶은 걸 어떻게 해야 해.

약속이 깨졌는데 사실 기뻤어.

주 6일을 일하며 이틀을 연속으로 쉬는 날이 없는 나에겐

이런 기회는 흔치 않으니깐.

알아, 내가 지난밤 너에게 하던 말처럼

앞으로 우리에겐 함께할 날이 많다는걸.

그렇게 말하면서 이런 행동을 하는 내가 나도 믿기지가

않아.

나에게 너는 묻지.

"오빠, 지금 무슨 생각 해?"

물어본다면 나는 단 하나

"니가 보고 싶어."

아마 평생 사랑할 너에게

그 이외엔 아무것도 생각하고 싶지 않은 거지.

그냥 지금은 너밖에 없는 거지.

대책 없이, 다른 생각 없이

너와 걸을 생각뿐인 거지.

나의 10초

너는 알까.
1 하나 없어지고 숨죽여 기다리던 나의 10초를.

오래 숨겨놓던 내 마음을 말해.
얼굴 보고하는 게 맞다지만
고작 그 정도의 성의도 보이지 못하는 나는 어쩌면 너의
말처럼 부끄럼을 좀 타나 봐.
준비해 놓은 시나리오는 수십 개였는데
막상 똑같은 저녁 밤하늘 얘기하다가 어느새 흘러가 버
린 너의 앞에서
나는 노란색 말풍선 하나에 갇혀 소리쳐내었어.
엎질러진 물. 혹시 모를 다음 순간을 이어 나갈 핑계로 머
리를 굴리며
핸드폰 화면 뒤집고 얼굴 이불에 처박고선 발만 둥둥대
며 매트릭스를 울려댔지.

아마 평생 사랑할 너에게

멈춘 발장구 끝으로 쿵쿵대는 심장소리를 네가 들을까
하는 두려움에
나도 모르게 두 손 심장 위에 가져다 대고 소리라도 줄이
려 했다지.
살며시 실눈 뜨고 본 화면은
마치 그때를 기다렸단 듯 날 놀리는 것처럼 1이 눈앞에서
사라졌고.
하나.
둘.
셋.
넷.
다섯.
여섯.
일곱.
여덟.
아홉.
열.
툭.

답장하나 길게도 아니고 왔더라지.

뭐였을까. 그게 뭐길래. 나는 이 밤에 이리도 방방 뛰어 댈까.

너무 행복하면 울음이 나온다지. 입은 방긋 웃고 눈은 계속 울고 몸은 방방 뛰고.

진짜 주접이다 나.

프로필뮤직

맞아, 일부로 그 노래로 해놓은 거야.
너 보라고, 네가 꼭 듣고 연락 달라고.

고백이 서툴러서, 사람이 애초에 그런 사람이라서
언제 해도 서투르고 어색해서 먼저 말을 잘 못했다.
전화로도, 만나서도 다르지 않았어.
그래서 나 나름에 표현을 했어.
너만 알아볼 수 있는 시그널들이 담긴 가사가 담긴 노래
를 골라서 조용히 내 프로필에 지정하고, 컬러링으로 바
꾸고, 인스타그램 스토리에 올리고.
맞아, 일부로 그 노래로 해놓은 거야.
너 보라고, 네가 꼭 듣고 연락 달라고.
도망치지 말아 줘. 나다운 내 고백은 이런 거야.
나에겐 지금, 이 표현이 직진인 거야.

더 아쉬운

원래 더 아쉬운 사람이 먼저 연락하는 법 이랬는데.
나는 니가 아쉬운가 보다.

저녁 밤 잘 자라는 너의 연락을 일부로 누르지 않고 몇 번
을 본다.
이 말에 답을 남긴다면 내일 너에게 할 말이 없어서
그러다 결국 참지 못하고 최대한의 정성을 담아서 답을
보낸다.
그리고 내일 너에게 할 말을 지금부터 고민한다.
원래 더 아쉬운 사람이 먼저 연락하는 법 이랬는데.
나는 니가 아쉬운가 보다.

증오와 이해의 상관관계

이젠 나에게 가장 싫어하는 사람의 모습이

너에게 비쳐 보였을 때.

그 사람조차 한순간 이해해 보려 할 만큼 네가 좋았다.

너로 인해 많은 게 바뀌었다면 그중 가장 큰점중의 하나

겠지.

너를 보며 누군가를 이해하려 한다는 것

그게 가장 내가 증오하던 인간이란 것

고작 강의와 과제로 조금 늦을 수 있다. 이런 게

걔도 그랬을 수 있겠구나. 라며 이해하려 하는

너는 나에게 그런 사람이야.

증오조차 이해로 바꿀 수 있는

내가 더 착한 사람이 될 수 있는

나조차도 하지 못한 것을 가능하게 만드는.

너는 나에게 그런 사람이야.

마음을 접었다.

마음을 접었다. 접고 접고 또 접었다.

이제는 그 한 번 더 접는 것조차 이리도 힘이 들었다.

근데 아직 더 접을 마음이 남아있었다.

아직도 나는 이 마음을 더 접어야 했다.

아직도 남아있어.

접은 자국은 수없이 많았고 두께는 더 쌓여져만 가는데

이제는 한번, 한 번에 더 힘이 들어가.

왜 이럴까.

분명 접었는데, 한두 번 접었을 때 비치던 색들도 이젠

보이지 않는데

그저 너라는 이름뿐인 남은 기억이고 마음인데

몇 번을 접어야 할까.

그래야 네가 더 이상 내 꿈에 나타나지 않을까.

참여하기

준비물 펜이나 연필, 형광펜.

1. 당신의 '사랑'의 단어를 동그라미 치세요.

(해당하는 단어가 없다면 추가로 기입하여 진행하세요)

강아지, 산책, 이불, 핸드크림, 컴퓨터, 칼, 신발, 애니메이션, 캠핑, 한강, 고양이, 초콜릿, 소주, 막걸리, 양주, 케이크, 생일, 노래방, 비행기, 놀이공원, 동물원, 호텔, 바다, 사탕, 젤리, 아이스크림, 집, 빚, 결혼, 가장, 자녀, 성관계, 요리, 동정, 눈, 눈싸움, 화장품, 맥주, 칵테일, 차, 커피, 자동차, 책, 연필, 달, 가로등, 벤치, 군대, 기차, 만화카페, 자장가, 인생네컷, 사진, 네일샵, 더블데이트, 글램핑, 캠핑, 먹방, 보드게임, 편의점, 자동차 극장, 쇼핑, 교복, 마사지, 편지, 앨범, 일기장, 파티, 클럽, 헌팅포차, 찜질방, 공방, 꽃집, 영화관, 체육관, 수영장, 바닷가, 해외여행, 유학, 전시회, 애견카페, 콘서트, 번지점프, 빠지, 포장마차, 불꽃축제, 타

아마 평생 사랑할 너에게

로, 자전거, 도시락, 피크닉, 코인노래방, 야구장, 농구

장, 워터파크, 스키장, 모텔

2. '지금의 사랑'이나 '직전의 사랑'보단 '지금껏 했던, 혹은 하

려는 모든 사랑'을 근거로 당신의 사랑의 단어 중에 3개를

적으세요.

3. 3개의 번호를 매기고 각자의 이유를 스스로 설명해 보세요.

이후 다음 장으로 이동하세요.

part *2*

사랑해란 말은
너무 흔하지만
그래도 들려주고
싶어서

바보

널 사랑했던 나는
바보 같다는 그 한마디에
바보가 되었다.

방식의 차이

무엇을 한 것이 아니었다.

무엇을 하지 않았던 거지.

"뭐가 좋았었더라?"

그래, 그거였다.

다른 이들의 무례함과는 달랐던

너의 기다림이었던 것 같다.

난 어릴 적부터 인기가 많았다.

적당히 예쁘장한 얼굴은 관심과 동경의 주역이었으니깐.

자신의 마음을 표현하는 이들은 많았다.

내가 원하는 사람들이 적었던 거지.

많은 연애를 해봤다 생각했다.

"그놈이 그놈이다." 그렇게 생각했지.

그러다 너를 만났다.

처음으로 내가 사랑한

내가 바라고 기대한 너.

무엇을 한 것이 아니었다.

무엇을 하지 않았던 거지.

"뭐가 좋았었더라?"

문장 끝 물음표를 하루 종일 따라 쫓았다.

그래, 그거였다.

다른 이들의 무례함과는 달랐던 너의 기다림, 존중과 배려가 묻은 옅은 기다림이 날 설레게 했다.

환한 노란빛의 웃음.

"오늘도 여기 망고가 찐한 노란색인 걸 보니, 여긴 맛집인 게 틀림없어."

너는 망고를 좋아해서 늘 우린 망고를 먹는다.

생망고와 망고 빙수, 망고 젤리, 망고 스무디 그리고 가끔

가는 우리의 단골 술집의 망고가 잔뜩 들어간 과일화채

까지

1년이 지난 너도 모르는 나의 비밀

나는 망고 알레르기가 있다지.

나도 사실 모르다가 너와 만난 지 얼마 안 되었을 때 망고

케이크를 먹고

집에 오는 길에 붉게 물들어선 약국에 들어가서야 알았다.

그런 나는 너를 만나는 날이면 늘 약국에 들러선 알레르

기 약 하나 사 먹고 너를 만나.

망고를 먹을 때 웃는 너의 미소가 좋아서, 그 미소를 계속

보고 싶어서

오늘도 나는 계산줄을 기다리다가 진열대에 놓인 망고
조각 케이크 보곤

너에게 귓속말로 말해.

"오늘도 여기 망고가 찐한 노란색인 걸 보니, 여긴 맛집인
게 틀림없어."

킥킥대며 웃는 너의 미소는 망고를 먹을 때와 똑같은 표
정을 짓는다.

너는 모르는 망고처럼 환한 노란빛의 웃음을

아마 평생 사랑할 너에게

길 꽃의 마음

길 꽃에게 사과한 후
아프지 않게 한 줌에 꺾어버렸다.
너에게 내민 꽃은 어느 곳에서 볼 수 있는
흔한 꽃이었으나
넌 그 마음을 알까.
누군가에게 못된 사람이 되더라도
너에게 가장 좋은 것을 주고 싶은
그 마음을 넌 알까.

너의 대답이 그랬다.
"피… 이거 말고 꽃집에서 파는 꽃이 더 이쁘고 크잖아."
"그래서 흔하잖아, 누구나 살 수 있고
다들 바라보는 특별한 것.
그게 여태 네가 다른 사람들에게 받아 온 거잖아.
그러니 나는 아무도 신경 쓰지 않는,

그렇지만 오히려 가장 의미 있게 하루하루를 살아가는

이 길 꽃을 준 거야.

특별한 것들 사이에선 가장 흔한 게

가장 특별한 법이거든."

그 말을 들은 너는 얼굴을 붉히며 그 꽃을 소중히 손으로

감쌌다.

그게 우리의 사랑이었다.

길 꽃 하나도 소중히 할 수 있는 마음을 가진 사랑을 해나

갈 수 있는 사람들이었다.

아마 평생 사랑할 너에게

바닐라라떼

"괜찮아, 아메리카노는 우리에겐 아직 쓰지만
우리에겐 바닐라라떼가 있으니깐."

너는 아메리카노가 써서 먹기 힘들다고 했다.
어쩔 수 없이 회사에서 사줄 땐 먹지만, 혼자서 카페에 갈
때엔 늘 바닐라라떼를 먹는다곤 했다.
며칠 전, 누군가가 바닐라라떼를 먹는 너를 보곤 네가 애
냐고 잔소리를 했다더라지.
"아직 내 몸은 너무 어린가. 나이만 어른이 되었나 봐."
그런 질문은 하는 너는 요새 나와 함께 카페 갈 때에도 진
한 고동색의 아메리카노를 먹었다,
적응을 위해서라나 뭐라나.
네 손에 줄어들지 않는 아메리카노를 보며 나는 말했지.
"괜찮아, 아메리카노는 우리에겐 아직 쓰지만
우리에겐 바닐라라떼가 있으니깐."

그러고는 서로의 음료를 바꾸었다.

그제야 비로소 얼음이 태를 보였다.

너의 환한 미소와 함께 빠르게 없어지는 바닐라라떼를

겸비하고선.

주문

너의 뒤에서 주문을 할 때면 늘 그런다지.

"같은 걸로 할게요."

나는 그냥 너를 따라가는 게 좋아서.

그게 내가 가장 좋아하는 거라서.

데이트

데이트란 게 별거 있나.

내가 아는 너의 관심사 내에서

좋아할 만한 곳에 너를 데려가고

우연히 맞아떨어진 그곳에서 너의 행복해하는

모습을 보는 것.

우리의 뿌리 내림.

소파에 가만히 있는 너를 뒤에서 조심히 끌어안아.

요즘 누가 겪어도 힘든 일에 나에게

티 하나 묻히지 않으려

혼자 버텨내며 괜찮은 척하던 너의 어깨가

조금씩 흔들린다.

이윽고 뜨거운 땀방울 비슷한 것이 내 팔에 하나둘

떨어지고.

나는 이렇게 뒤에서 너를 끌어안아 받히고 있는 것이

전부였다.

미안해, 너에게 더 힘이 돼주지 못해서

널 믿고 있어 지금, 이 폭풍이 지나가길

주체하지 못하는 어깨가 잠잠히 진정되길

넌 내 전부야.

너의 무너짐은 결국 나의 무너짐으로 다가와선

우리마저 무너뜨리려 하지만

아마 평생 사랑할 너에게

지난 시간 우리의 뿌리 내림이 결코 허락하지 않을 거야.

괜찮아, 나약해도 괜찮아. 우리가 강하기에 괜찮아.

굳이 이유를 묻는다면

내가 너의 남자친구로 곁에 있는 이유는 그런 거지.
너를 위해 늦은 저녁 급하게 만든 파스타 같은 거.

뭘 그리 묻는 거야. 이유는 무슨 이유겠어.
그냥 사랑하니깐 널 만나지.
그래, 굳이 이유를 묻는다면
내가 너의 남자친구로 곁에 있는 이유는 그런 거지.
너를 위해 늦은 저녁 급하게 만든 파스타 같은 거.
단순하지만, 소소하지만 확실한 행복과 같은 거지.

불안해하지 마.

나는 너의 우울도 사랑해.

우린 우울을 자주 즐기는 건지

각자의 동굴에 들어가서 종종 몸을 숨기곤 해.

이 모습을 보이면 떠나갈까.

그런 생각에 너를 외면한 채

구석 자리에 나를 직면하지.

그래, 네가 지금 그런 걸 알아.

동굴에 있는 너를 찾아내어 조심스레 끌어안아.

불안해하지 마.

나는 너의 우울도 사랑해.

우리 너무 이쁘지.

계속 이렇게 이쁘자.

같이 이뻐 가자.

아마 평생 사랑할 너에게

내가 원하는 걸 바로 알아차리는 너니깐.

지금처럼만 있어 줘.
뜨거운 여름이 오지 않는다 해도 지금처럼
잔잔한 봄이 좋아.
봄 같은 네가 좋아.

너는 늘 내가 원하는 걸 알아차려.
말하지 않았는데, 티도 내지 않은 그 행동을 보고 나를 알
아채고 반응하지.
사랑하지 않으면 가능할까.
내 행동, 말투 하나에 의미를 두는 너를
질려한다고 하는 사람들도 있겠지.
그러나 그게 사랑이라면
그렇게 다가와 천천히 나를 밀어준다면
난 너에게 몸을 맡기고 그 흐름에 흘려 나가겠지.
그렇게 너를 따라 나는 점점 햇살 아래에서 따뜻하게 데

워지겠지.

지금처럼만 있어 줘.

뜨거운 여름이 오지 않는다 해도 지금처럼 잔잔한 봄이
좋아.

봄 같은 네가 좋아.

봐봐, 하늘도 화장하지 않았는데
저렇게 예쁘잖아.

민낯의 얼굴이 더 이뻐. 라는 말은 거짓말이 맞겠지.
다만, 너를 사랑하게 된 시점부터
아무것도 하지 않아도 그대로 있는 너의 민낯까지
온전히 사랑한다는 얘기겠지.

그대로의 얼굴이라고 하더라.

그게 좋더라.

내가 그래서 눈을 좋아하던가.

민낯이 무엇일까, 너의 민낯은 무엇일까.

내가 모르는 너의 민낯은 무엇일까.

보고 싶다. 너의 민낯을.

그리고 온전히 사랑해 주고 싶다.

봐봐, 하늘도 화장하지 않았는데 저렇게 예쁘잖아.

이쁜 말을 해줬으면 좋겠어.
말은 마음을 거쳐서 나오니깐.

"자기야, 이쁜 말"

가끔 너의 곁에서 나쁜 말을 해.

어제도 그렇고 말이야.

군대니, 남고니 그런 핑계가 더 이상 통하지도 않는 나이

인 것도 알아.

습관이란 게 참 무서워서 내가 내 입으로 하는데도 가끔

은 자각하지도 못하지.

미안해. 이쁜 말만 들려줘야 하는데 늘 나쁜 말이라

차라리 화를 냈으면 안 고쳤겠지.

조용히 너는 말해.

"오빠, 이쁜 말"

오늘도 그렇게 또 느낀다.

오늘도 난 못된 말을, 마음과는 다른 못된 말을.

y

y2
y3

y4

y5

고쳐볼게.

그래도 많이 하겠지만 노력할게.

왜냐면 말은 마음을 거쳐서 나오니깐.

자취방

친구 집에서 잔다는 핑계 대고

처음 너의 자취방에 들어서며

어색하게 신발 벗곤 너의 방안 냄새를 맡고선 서서

가만히 있었다지.

잠깐 끌어안은 후드티에 배인 너의 냄새에도

밤새 잠 못 들던 나는

오늘 너의 향기가 가득밴 벽지를 맞대고

잠에 들 순 있을지.

입맞춤보단 손만 잡고 있는 게 더 떨린 밤에

조심스러운 너의 행동이 귀엽기만 해서

같이 걷다가 닿았던 우리의 손과는 다르게

이상한 마음에 몽글몽글 피어오른 구름은

이 방안을 가득 덮어선

밤새도록 가쁜 숨을 내쉬며 우리가 구름 속에

숨어있게 했다지.

아마 평생 사랑할 너에게

Falling

내 손을 꼭 잡아줘.

더 떨어지지 않게

내가 이 높이에서 너와 같이 머물 수 있게

너와 함께 이 높이에서 머무르고 싶어.

가끔 내 어깨 위로 얹어지는 우울의 무게를

견뎌내지 못하곤 저 아래로 떨어져 내려간다.

너의 기분을 조절할 줄 아는 너와 다르게

나는 종종 이런다.

그러니 너는 부디 내 손을 꼭 잡아줘.

더 떨어지지 않게

내가 이 높이에서 너와 같이 머물 수 있게

너와 함께 이 높이에서 머무르고 싶어.

촬영의 속사정

내가 혼자 우는 날엔
우리가 함께 웃는 사진을 보고
눈물을 그치게.

사진을 찍으려 했다.

전날에 미리 배터리를 충전하며 카메라를 준비했다.

깜빡깜빡 들어왔다 다시 나가는 불을 쳐다보다가,

메모리 카드를 비우려 들어간 곳에는 우리가 있었다.

그곳에 나와 네가, 우리가 있었지.

눈을 가져다 대고 초점을 맞춘다.

띠딕.

탈칵.

그렇게 찰나의 순간 담기던 우리는

이루어 말할 수 없는 감동에 스스로의

입마저 다물게 했지.

아마 평생 사랑할 너에게

사진을 찍자.

앞으로도 계속 이렇게.

내가 혼자 우는 날엔

우리가 함께 웃는 사진을 보고

눈물을 그치게.

찰나의 순간이 담긴 두 번의 버튼에

영원할 우리만의 감정을 담아서

그렇게 울음을 그치게.

닮았다, 우리

너를 닮아가다가 너를 사랑해져 버렸어.

너를 자꾸만 닮아가.

너의 말을 따라 하지.

"몬살아 정말"

킥킥대며 웃던 우리는 서로 점점 닮아가.

너의 취향을 따라

나의 취향을 따라

닮아가고 있어.

그러다 보니 좋은 것과 다른 것 같아.

"좋아해"를 말할 때는 나를 지키려 했거든.

변하지 않으려고, 나라는 인간이 나로 존재하도록.

너를 닮아갈수록 다른 말을 하고 싶어져.

"사랑해" 확신과 믿음, 배려와 희생의 말이야.

너를 닮아갈수록 너를 사랑하게 된다.

내가 네가 되고, 너는 내가 되지.

결국 너와 나는 우리가 되어가고

우리를 모두들 사랑이라 부르지.

그러니 오늘도 네가 잠든 이 밤에 수줍게 외쳐봐.

아직 이를 수 있으나, 나의 마음은 이미 넘쳐서 흘러버린

말을.

너를 닮아가다가 너를 사랑해져 버렸어.

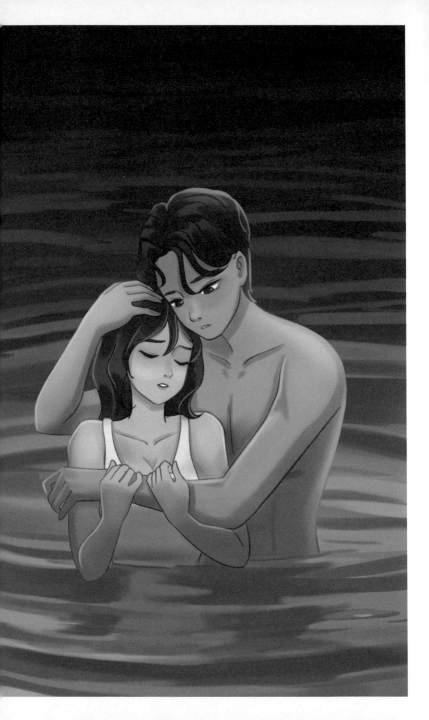

어쩌면 몸은 마음을 따라가는 걸지 몰라.

너를 더 좋아하게 될수록
우리의 몸의 거리는 가까워져 간다.
그래, 어쩌면 몸은 마음을 따라가는 걸지 몰라.

우리는 그날
입의 대화를 멈추고
잠깐의 눈의 대화를 한 뒤에
몸의 대화를 시작했다.
내일의 해가 뜰 때까지 너를 좋아해도 될까?
너를 더 좋아하게 될수록 우리의 몸의 거리는 가까워져
간다.
그래, 어쩌면 몸은 마음을 따라가는 걸지 몰라.

집착

내꺼야.

누구에게도 빼앗기고 싶지 않아.

오늘도 어제도 너는

내 주변을 걱정하고 의심하고 질투했다.

사실 나도 같은 마음이라 늘 이해가 되었다.

나는 원래 보통 사람보다 소유욕이 강한 것도

물건이나 사람에 대해 그 마음이 강한 것도 알고 있다.

보통 사람에게도 그런 마음이었는데 너라고 오죽할까.

그래서 나도 같은 마음이다.

빼앗기고 싶지 않아.

그게 나보다 더 나은 누군가던, 나보다 덜 한 사람이던,

심지어 이기적으로 변한 너라도 빼앗기고 싶지 않아.

소유하려고 하면 안 된다는 걸 안다.

이 사람은 잠시 빌린 거고 나는 그걸 잘 소중히 해야 한다

는 걸.

그러나 가끔은 이런 마음이 나도 든다는 걸 알아줬으면

한다.

너는 내꺼야.

누구에게도 빼앗기지 않아.

더 열심히, 더 사랑할 거야.

망고케이크

오늘은 유연해진 우리의 관계에 긴장감을 주기 위해

평소보단 한 시간 일찍 나와선 너를 기다렸어.

오는 길엔 니가 좋아하는 망고 조각 케이크 하나

포장해서는

네가 보이지 않게 뒤로 숨기고 말이야.

만나기로 한 장소가 아닌 반대 방향으로 가는 너를 보고

선 몰래 뒤따르다가

우연히 약국에 들어가는 너를 보았어.

약 하나 사들고 편의점에 들어가 물과 함께 마시는 걸 본

나는 그만 숨이 멎을뻔했어.

니가 먹는 그 약은 늘 갑각류를 먹는 날에 내가 먹던

그 파란색 갑에 들은 약이었으니깐.

오래전 연애 초기에 너에게 망고 케이크 먹이고선

너의 온몸이 붉게 올라오던 게 이제야 떠올랐지.

그날 아무것도 먹지 않았던 너에게 원인이 될게 그것뿐

아마 평생 사랑할 너에게

이었던걸.

어쩐지 갑자기 아무 일 없었다는 듯 괜찮아진 네 모습이

이상했는데.

너는 알고 있었구나.

나는 그것도 모르고 늘 너의 손을 이끌었지.

아니구나, 어느새 네가 이끌었지.

나는 어딘지도 모를 건물 복도에 손에 쥔 모든 걸 놓치곤

주저앉아서 울다가 화장을 고치고선 너를 만나.

너는 나를 이끌며 내가 포장했던 그 카페로 나를 이끌었

고 나의 귀에 속삭이지.

"오늘도 여기 망고가 찐한 노란색인 걸 보니, 여긴 맛집인

게 틀림없어."

나는 그만 그 말이 웃겨서 킥킥대면서 웃었다.

그 말이 웃겨서 웃었는지, 그 말을 아무렇지 않게 뱉는

네 모습이 좋아서 웃었는지는 모르겠지만.

바보

널 사랑했던 나는
바보 같다는 그 한마디에
바보가 되었다.

"오빠 바보 같아."

"나 원래 바보야."

이런 게 우리의 대화였지.

말 한마디에 내가 정의되는,

너는 날 정의해 줬다.

그러면서 동시에 함부로 정의하기는 꺼려 했지.

그런 표현들이 마음에 든다.

거칠지만 만져보면 둥그런 너의 표현이

투박하지만, 정성 있는 그런 마음이

내가 너의 곁에 더 오래 있어야 할 이유가 된다.

널 사랑했던 나는

바보 같다는 그 한마디에

바보가 되었다.

신체 부위

아, 맞아.
구멍 뚫린 양말 사이로 나온 너의 발가락.
그것도 사랑해.

오늘도 너를 사랑해.
뭘 사랑하냐고?
음,, 먼저 머리 안 감고 와서 모자 눌러쓴
너의 머리를 사랑해.
또 손톱 관리 받았다며 자랑하고 보여주는 너의 손톱을
사랑해.
어제 먹은 야식에 살쪄서 못 만지고 바라보기만 하는
너의 뱃살도
만지면 괴상한 소리 내며 몸을 꼬는 겨드랑이도
모두 너무 많이 사랑해.
아, 맞아.

아마 평생 사랑할 너에게

구멍 뚫린 양말 사이로 나온 너의 발가락.

그것도 사랑해.

같이 마시는

"그냥, 이 커피는 같이 마시는 거니깐."
맞아, 이건 같이 마시는 거니깐.
마시는 게 무엇인가가 중요한 게 아닌 줄어드는 속도가 중
요한 거니깐.

너와 연애를 시작한 지 얼마 되지 않았을 때는 카페라는
곳을 즐기지 않던 나였기에
늘 가선 에이드나 스무디를 시키곤 얼음이 만들어 내는
뿌연 물을 마시며 너를 기다렸어.
너는 커피 하나 시켜놓고 창문 바라보며
때로는 비 내리는 하늘을, 맑게 내리쬐는 하늘을.
지나가는 사람들을, 지나가는 차를.
멍하니 바라보다가
나를 한번 살피곤
다시 하늘을 보곤 그랬어.

아마 평생 사랑할 너에게

아, 손도 잡고.

처음엔 이해할 수 없어서 많이 싸웠지만

시간이 지나며 너를 이해하게 되었지.

너는 그게 좋았던 거야.

나와 함께 카페에 가선

나와 함께 하늘을 바라보는 게

그러면서 그 장소를 벗어나면 잊어버릴 그런 시답지 않

은 얘기를 나누곤

그곳을 손잡고 나오는 것을 좋아한다는 걸.

그런 너를 이해하고부턴 나는 스무디를 시키지 않았지.

차가운 아메리카노를 시켰다.

처음엔 물었지.

"원래 이거 안 마시잖아."

그럼 너를 한번 보곤 우리가 매일 앉던 전용 자리로 가며

말했지.

"그냥, 이 커피는 같이 마시는 거니깐."

맞아, 이건 같이 마시는 거니깐.

마시는 게 무엇인가가 중요한 게 아닌 줄어드는 속도가

중요한 거니깐.

오늘도 나는 스무디보단 차가운 아메리카노를 주문한다.

아마 평생 사랑할 너에게

인지불능 認知不能

사랑하던 순간만큼은
내가 나인지도 몰랐다.

처음 사랑한다고 말했을 때 나는 무슨 표정을 지었을까.
"사랑해."라고 말하는 너는 지금 어떤 입꼬리를 하는지
알고 있나.
사랑이 뭐길래, 그렇게 스스로를 잘 알던 내가 누구인지
조차 잊게 만든다.
우리 처음 만나던 날.
그래, 1월 29일.
그날에 우린 손에 쥔 음료가 차가운지도 모르고 바라보
기만 했다.
손이 시려도 핫팩을 사지 않았다.
그래야 잡을 수 있을 것 같아서.
나 원래 그런 사람이 아닌데.

그날은 나도 나를 몰라서 그래 버렸다.

사랑은 이상해.

자꾸 잊어버리게 만들지.

내가 누군지조차 모르게

너만 알도록 만든다.

사랑하던 순간만큼은

내가 나인지도 몰랐다.

아마 평생 사랑할 너에게

장난

나는 너를 볼 때면 이렇게 매일 웃어.

이유 없는 장난에

이유 없는 너의 행동에

너라는 의미를 붙여가며.

나의 사랑이라 불러가며.

볼록 나온 너의 뱃살에 손가락 하나 찔러 넣었다가

오늘도 어김없이 너의 아랫입술과 인사했다지.

한참을 아무 말 없다가 너는 나에게 물어봐.

"나 진짜 살쪘지?"

그 말에 그만 참아내던 웃음을 터트리고

너는 나를 보며 웃지 말라면서 너도 웃고 있지.

너를 놀리는 게 어찌 이리 재미있는 걸까.

몇 년이 지나도 재미있어.

너는 모르는 너의 습관이 있지.

웃음을 억지로 참을 때 붉게 달아오르는 귓불을 말이야.

"아니, 나 이거 복귀라니까? 우리 엄마가 그랬어."

그래그래, 그 붉게 달아오른 복귀 말이야.

우린 또 그게 뭐라고 눈물까지 맺혀가며 웃어댄다.

아, 정말 몇 년이 지나도 너는 재미있어.

나는 너를 볼 때면 이렇게 매일 웃어.

이유 없는 장난에.

이유 없는 너의 행동에.

너라는 의미를 붙여가며.

나의 사랑이라 불러가며.

모래사장

내가 널 좋아하는 이유도 잔잔해서인가 봐.

나의 파도 침에도 잔잔히 나를 안아주는

나라는 파도를 너라는 모래가 받아주는 거지.

난 거기에 살포시 밀려들어 가는 거야.

마치 원래 그곳이 내 자리인 듯이

너에게 살포시 밀려간다.

네가 아프지 않게 서서히 속도를 줄이며

가끔은 너에게 과감하게 달려간다.

너는 늘 그 자리에서 나를 기다리며

안식을 부여하지.

넌 그게 나에겐 얼마나 큰 힘인지 모르지.

난 네가 늘 그곳에 있기에

더 큰 바다로 늘 나아갈 수 있어.

이유 없음이 내가 널 좋아하는 이유야.

사람들은 오늘도 이유를 묻고 한참을 생각하다가
"그냥"이라는 말을 뱉는다.
그게 뭐냐는 소리에 너에게 귓속말로 말을 전한다.
이유 없음이
내가 널 좋아하는 이유야.

아마 평생 사랑할 너에게

사랑해 라는 말을 글로 적어 봐.

그냥 길을 걷다가 카메라에 담기도 아까운

예쁜 것을 보고

그것을 너에게 얘기해 주고 싶어서 니가 돌아올

저녁만 기다리는 거.

그리고 이게 무슨 말인지 이해하곤 알 수 없는

옅은 미소를 짓는 거.

내가 지금 하는 말을 너는 이해할 수 있어?

당해버렸다.

당했다.

너한테 당해버렸어.

그냥 그렇게 너를 사랑하게 된 거야.

"아, 당했어."

멀리서 보이는 너는 또 알 수 없는 쇼핑백을 들고 있다.

누가 봐도 내 것인 쇼핑백 안에는 내가 좋아하는 주전부

리들이 가득 들어있지.

말이 되겠니

옷 하나 가져다주겠다면서 이렇게 많은 것들을 주는 게,

그중에 내가 싫어하는 건

하나도 없고 좋아하는 것들로만 가득 차 있는 게.

당했다.

너한테 당해버렸어.

그냥 그렇게 너를 사랑하게 된 거야.

아마 평생 사랑할 너에게

우리 오늘 떠나자.

적어도 이 밤은 우리의 밤이 되도록.

혼자 있는 너의 곁에 내가 존재함으로 혼자가 아님을

같이 증명해 내도록.

그렇게 우리 오늘은 떠나자.

떠나자, 너의 힘듦 지금 다 내려놓고 아무도

우리를 찾지 않는 곳으로

그래, 적어도 니가 흘리는 눈물이

그만 멎을 수 있는 곳으로

나는 아무 말 않고 그저 운전을 할게.

네가 혼자 달리는 것처럼 아무 말 안 할게.

대신 조용히 오른손으로 너의 왼손 붙잡고 니가 가끔 울

컥해서 손깍지를 꽉 쥘 때에

같이 너와 맞잡은 손에 힘을 주고 버텨줄게.

조용히 달리는 밤 고속도로에서 바람 맞고 싶으면 창문

열고

적당히 잔잔한 노래를 틀은 채 우리 그렇게 아무도

찾지 않는 곳으로 떠나자.

적어도 이 밤은 우리의 밤이 되도록.

혼자 있는 너의 곁에 내가 존재함으로 혼자가 아님을

같이 증명해 내도록.

그렇게 우리 오늘은 떠나자.

바다든 산이던 어디든 좋을 거야.

하늘이 같이 울어주어도, 달이 눈치 없이 밝게

우릴 반겨도 좋을 거야.

아무 걱정 하지 마. 난 어제처럼, 오늘처럼,

앞으로처럼 너의 곁에 있을 거야.

그러니 우리 오늘 떠나자.

아마 평생 사랑할 너에게

오늘도 너는 나의 안식처야.

고마워, 오늘도 너는 나의 안식처야.
어두운 밤 기다리다가 켜지는, 마치 어두운 밤만
기다리다가 켜진 가로등이야.

날 미워하는 사람이 어찌 이리 많은지
오늘도 간신히 몸을 숨기다가 퇴근 시간에 맞춰 몸을
일으켜서 집으로 돌아와.
평소보다 느린 도어록 소리를 들으며 들어갔지.
어두운 집안 불도 안 켜고 선 무거운 몸을 소파도 아닌
그 앞에 기대앉았지.
눈 감고 퀴퀴한 냄새 조금 맡다가 꿀꺽 침 한 모금
삼켰어.
그때 환한 불빛과 함께 핸드폰이 울려 대.
빨간 하트 하나 있는 너의 연락처를 밀어내려다가
그냥 밀어서 받아내.

밝은 너의 목소리 하나 의지하고 눈 감고 받아낸 전화야.

너는 오늘 여전히 밝게 웃으며 너의 하루를 공유해.

나도 모르게 너의 시답지 않은 농담에 웃다가 살며시

눈 뜨고 전화를 끊었어.

방이 이렇게 밝았었나.

분명 시간은 더 밤으로 흘러가서 어두워졌어야 하는데.

이상하게 집에 들어올 때와는 다르게 집이

밝아진 것 같아.

고마워, 오늘도 너는 나의 안식처야.

어두운 밤 기다리다가 켜지는, 마치 어두운 밤만

기다리다가 켜진 가로등이야.

오늘도 나는 가로등 아래에서 몸을 일으키고 노래를

흥얼대.

너의 전화로 울리던 나의 벨 소리를.

아마 평생 사랑할 너에게

지금 우는 건 슬퍼서 나오는 게 아니야,
사랑해서지.

받은 만큼 해주지 못했다는 자책은 어느새 커져선

오빤 내가 어쩌면 좋은 건지, 아무것도 몰라서

그만 엉엉 울어버렸어.

아무 말이 없이 안아주는 오빠의 품은 예전과

다름없이 따뜻했고, 바라는 게 없었는데

가끔은 넘치는 내 욕심이 우리를 먹는 걸까 봐.

미안해.

근데 나 정말 오빠를 사랑해.

알겠다고 말하지 말아 줘.

정말로 사랑하니깐.

그래서 지금도 울어버리는 걸 테니깐.

오빠, 정말로 사랑해.

다시 잊고 있었다. 나에게 소중한 사람은

내가 나를 설명하지 않아도

내가 어떤 사람인지 아는 사람이라는걸.

그럼에도 너의 어리광을 마주할 때면 굳이 너를

이해시키려 노력했던 것 같다.

설명하고 내 뜻대로 흘러가길 바랐다.

나의 의무를 하지 못한 것은 아니었지만, 동시에 너에게

같은 속도로 와주길 바란 거지.

조금만 더 잘해줄 수 있었을 텐데, 알면서 져줄 수

있었을 텐데.

오래전 그런 나를 좋아하던 너였는데.

다 알고도 알지 못했다.

나도 사랑하면서. 사랑을 말하지 못했다.

사랑해.

힘겹게 뱉어낸 말은 사실 늘 그곳에서 너를 떠올리던

나의 맘이었다고 이제 와 말해서 미안해.

아마 평생 사랑할 너에게

정당화

나의 힘듦으로 너의 아픔이 정당화되지 않길.

이번 주도 어김없이 힘이 들었다.

핑계라면 핑계로 술을 마셨다.

그러면서 몸을 생각했고

그저 오늘만 아프길 바랐다.

나의 힘듦이 너에게 미칠까 좀 두려웠다.

그러지 않기 위해 거리를 두고

표현을 아끼고 주저하고 망설였지.

사랑하고 있기에 나의 힘듦이 번져나갈까

두려웠던 거지.

정당화되며 우리에겐 그런 의미로 틀이 잡혀가는 게

싫었다.

그래서 오늘도 나는 나의 힘듦을 살핀다.

나를 위해, 그리고 너를 위해, 우리를 위해.

미안한 거 없다.

늘 너에게 하는 말

미안한 거 없어요.

너 이기에 무엇이든.

가끔 네가 실수하는 날 나에게 미안하다고 한다.

사실은 사랑한다는 말이 듣고 싶은 건데, 바보 같이.

그런 너를 몸으로, 전화로 품으며 말한다.

바로 늘 너에게 하는 말

미안한 거 없어요.

너 이기에 무엇이든 괜찮았으니깐.

지금까지 그래왔던 것처럼, 앞으로도 그러할 테니깐.

아마 평생 사랑할 너에게

제발

제발 내 곁에 왔다면 나에게 소중한 사람이 되려
노력해 주면 안 되겠니.

네가 먼저 좋다고 온 거잖아. 내가 오라고 한 게 아닌 거
잖아.
그런 네가 왜 이러는지 모르겠어.
제발 내 곁에 왔다면 나에게 소중한 사람이 되려
노력해 주면 안 되겠니.
어? 제발 부탁이야.

"안 사랑하는 거 아니야."

이게 사랑하는 게 아니라면, 아직도 좋아하는 거겠죠.

"뭐가 또 안 사랑하는 거야.."

그런 게 아니야.

실수고, 아직 고치지 못한 습관이야.

우리가 타협하지 못한 문제일 뿐이야.

너의 사랑이 뭔지는 모르겠어.

이럴 땐 정말 모르겠어.

그렇지만 우리가 사랑하는 건 맞잖아.

우리가 앞으로도 사랑하려는 게 맞잖아.

니가 말하는 내 행동의 부정을 설명할 수 있는 방법이 이
것밖에 되지 않아.

이게 사랑하는 게 아니라면, 아직도 좋아하는 걸 거야.

그리고 곧 사랑하게 될 거야.

난 그걸 믿어 의심치 않아.

힘드냐고?

당연하지.

안고 가는 거야. 내가 사랑하는 사람이니깐.

당연히 견디기 힘들지. 그래도 견뎌낼 거야.

나를 사랑하는 사람이 주는 거니깐.

상처를 가리면 안 보일까 봐서.

괜찮아요.
난 내 상처 감추는 건 잘하니깐.

오늘도 급한 일이 있다는 너를 먼저 보내고
집 가는 길에 편의점에 잠깐 들러선 대일밴드 한 통 사서
내 마음 위에 붙인다.
가리면 안 보일까 봐서, 적어도 너는 모를 테니.
괜찮아요.
난 내 상처 감추는 건 잘하니깐.

아마 평생 사랑할 너에게

기타 이야기

내가 왜 기타를 배우려 했더라.

아, 너 때문이었나.

오랜만에 휴일에 같이 집에서 뒹굴다가 기타를 붙잡고
몇 개의 코드를 잡아본다.

"기타 치려고? 안친 지 오래됐잖아."

"그냥, 코드만 잡아보는 거야."

"뭐야."

그러곤 너는 나를 두곤 나가버린다.

티티딩.

역시 오랜만에 잡은 기타는 제 소리를 잊어버린 건지 내
지 못한다.

내가 왜 기타를 배우려 했더라.

아, 너 때문이었나.

니가 기타 치는 남자가 좋다 그래서.

그래, 그래서였지.

기타는 몇 번의 튕김을 버티지 못하고 금세

끊어져 버린다.

"기타 칠 때 좋았는데, 옛날에."

part *3*

헤어지자,
함께했던 모든 걸
여기 둔 채로

제발 사랑한다고 말할 때 사랑해 줘

사랑해.
사실은 내가 듣고 싶었던 말이야.

매일 아침저녁으로 말했지.
사랑해.
사실은 내가 듣고 싶었던 말이야.
내가 너에게 듣고 싶었던 말이었어.
아침저녁으로, 매일매일 밤새도록.
제발 사랑한다고 말할 때 사랑해 줘.
더 늦기 전에.
내가 널 그만 사랑하기 전에.

어느 순간

어느 순간 과감히 질러지기만 했던 내 분노가
사그라들었다.
그 이유는 너에게 낭비하는 내 인생을 이젠
더 이상 감수하려 하지 않았기에.

너는 늘 그런 식이었잖아.
네 방식은 언제나 합당했고, 나의 방식은 언제나 부당하
여 너에게 맞추어야만 했지.
그걸 타협이라 부르는 너는 유리한 위치를 고수하며 나
에게 너의 바람을 요구했지.
오늘도 너는 그러한 이유로 지금, 이 순간 나에게 원망 섞
인 말들을 쏟아붓지.
이상하리만치 사소한 이유에 격분하고 참아내던 나는 결
국 한마디에 말문마저 막혀 아무 말 하지 못했다.
"그게 나보다 중요한 거야? 그게 아니면 포기하면

되잖아."

그래, 너는 늘 그렇게 너의 가치로, 너를 향한 내 사랑의 가치로

도리어 나를 상처 주고 모든 걸 포기하게 만들었다.

처음엔 내 취미에서 주변 사람, 가족 그리고 나 자신까지.

어느 순간 과감히 질러지기만 했던 내 분노가 사그라들었다.

그 이유는 너에게 낭비하는 내 인생을 더 이상 감수하려 하지 않았기에.

그리고 어쩌면 나도 이젠 포기할 수 있는 것이 더는 남아 있지 않기에 그만두는 것일지도 모르지.

흔한 시

흔한 시여서 눈물이 났다.

흔하게 누구도 쓸 수 있는 그런 시였기에

나에게도 써주었던 너의 시였기에

권태기라며 화를 냈다.

먼저 집에 들어와선 오늘도 너의 행동에 분을 내다가

일순간에

얼핏 눈에 들어온 구겨진 종이를 뽑아 들고는

읽어보았다.

서툰 글씨와 서툰 표현으로 쓰진 자작 시.

좋은 시들을 엮어서 만든 흔한 자작 시.

흔한 시여서 눈물이 났다.

흔하게 누구도 쓸 수 있는 그런 시였기에

나에게도 써주었던 너의 시였기에.

어제도 들은 적이 있는 너의 관용어가 가득 섞인 그런 시였다.

너는 그대로였다. 변한 건 나였고.

아마 평생 사랑할 너에게

집착은 사랑의 또 다른 표현일지 몰라.

가장 소중한 건

나만 알고 싶은 거야.

니가 그 마음을 알긴 하니.

핸드폰 메신저 속 수많은 여자들, 유독 네 게시물에만

안부를 묻고

굳이 얼굴을 보자고 하는 너의 아는 여자들

오늘도 네 주변 여자들을 경계한다.

물론 너를 믿지 못하는 게 아니야, 네 주변을 믿지

못하는 거지.

그런 나의 마음을 너는 몰라주고 나에게 화를 내기만

하지.

가장 소중한 건

나만 알고 싶은 거야.

네가 그 마음을 알긴 하니.

잊을 忘

넌 어차피 오늘이 지나면 다시 까먹을 테니깐.

"뭐?, 니가 지난주에 얘기한 그거?"

"넌 기억도 못 하지?"

"그걸 기억하는 게 중요한 게 아니잖아!"

소리쳐서 울며 나의 울분을 토하다가 그만두었다.

넌 어차피 오늘이 지나면 다시 까먹을 테니깐

다시 같은 이유로 나를 힘들게 할 테니깐

"중요해, 나한테는 그게."

어쩌면 누군가에게 의미 있는 사람이 되어간다는 건 나

의 의미를 점점 지워가는 것이라서.

아마 평생 사랑할 너에게

빛바랜 페인트

"아직도 나 사랑해?"

"당연하지!"

"왜?"

오늘도 여전히 나에게 잘해주는 너에게 물었다.

"아직도 나 사랑해?"

너는 먹던 숟가락 내려놓곤 동공을 똑바로 마주하며

말한다.

"당연하지!"

그런 너를 잠깐 아무 말 없이 쳐다보다가 너의 눈을

피하며 다시 묻는다.

"왜?".

너는 여러 이유를 대며 너의 사랑을 나에게 보이지.

이런 질문을 하는 이유는 뭘까.

증명받고 싶은 걸까.

아니면 받아들이지 않기 위해 그런 걸까.

어느샌가 녹슬어 벗겨진 페인트를 손톱으로 틱틱 긁어

뜯다가 우리를 생각한다.

마치 이게 우리 같아서, 오랜 시간 속에 빛바랜 페인트 같

아서,

덧칠해도 다시 벗겨질 우리의 사랑을.

나는 덧칠해야 할지 고민한다.

어제처럼. 그저께처럼.

아마 평생 사랑할 너에게

진심

나 어쩌지
그땐 그게 진심이었는데
지금은 이게 내 진심이 되어버려서

거짓말한 적은 없었다.

너를 이용한 적은 더더욱이나.

니가 좋았고, 사랑했다.

그땐, 그랬다.

그런데 어쩌지.

나 어쩌지.

그땐 그게 진심이었는데

지금은 이게 내 진심이 되어버려서

"나, 다른 사람을 좋아하는 것 같아."

추운 날

오늘같이 이렇게 추운 날

나에게는 네가 있어서 춥지 않아

여름에는 더워도 좋으니

계속 내 옆에 있어 주길

"춥네."

나지막하게 시작된 너의 말은 그거였지.

만난 지 한참이 지났지만 아무 말 없던 우리는 이제야 추
위를 느낀 건가 봐.

아니구나, 너만 이제야 느낀 걸 거야.

나는 춥지 않거든.

여름이 오면 너는 불평할 테지만

나는 여름에도 여전히 너를 옆에 두고 덥고 싶었다.

땀이 젖은 티셔츠가 티 나지 않게 분수가 보이면 가까이

가던 너를 눈에 담고, 손에서 물이 떨어져도 놓지 않는 끈

적한 그 여름을 다시 겪으며 더운 여름을 함께 미워하고
싶었다.

우리, 이미 늦은 걸까.

우리는 이제 우리라는 존재로 다음 여름을 맞이하지
못할까.

춥다면서 나의 손을 피하고 외투 주머니를 찾는 너는
다음 여름이 오기 전 나를 보내려는 걸까.

제발 사랑한다고 말할 때 사랑해 줘.

사랑해

사실은 내가 듣고 싶었던 말이야.

매일 아침저녁으로 말했지.

사랑해.

사실은 내가 듣고 싶었던 말이야.

내가 너에게 듣고 싶었던 말이었어.

아침저녁으로, 매일매일 밤새도록.

제발 사랑한다고 말할 때 사랑해 줘.

더 늦기 전에.

내가 널 그만 사랑하기 전에.

사과

사과는 밀린 설거지 같은 거야.

조금 있을 땐 쉽지만 쌓일수록 부담되고 하기 싫은 거.

"미안해"

이 말이 뭐가 그리 어려웠을까.

사실 알고 있었어. 내가 먼저 뱉으면 멈출 거라는 것도

그래서 우린 이리 오랜 시간을 각자의 침대에서 울며 말

하지 못한 걸까.

인정하고 싶지 않았던 걸까.

더 사랑받길 원했던 걸까.

이유는 모르지만, 이유는 모르는 거지만

어렵고 부담이 되었지.

그래, 그거다.

사과는 밀린 설거지 같은 거야.

조금 있을 땐 쉽지만 쌓일수록 부담되고 하기 싫은 거.

이젠 더 이상 우리에게는 그런 시간조차 허용되지 않겠

지만.

표현

네게 표현하던 나의 사랑을 더는 표현 할 길이 없어서.

"헤어지자"
정말 하루도 쉬지 않고 사랑한다고 했다.
매번 내가 내뱉은 말을 검사하고 너의 기분을 해치지 않게, 너를 행복하게 하기 위해서 표현할 단어들을 찾아다녔다.
알고 있었을까 아니, 알려고 해주었었나.
지치지 않았음에도, 변하지 않았음에도 뚝뚝 떨어지는 눈물을 볼 때에는
더 하겠노라, 혹여나 그런 생각조차 하지 않도록 표현하겠다고 했다.
어느새 익숙해진 나의 표현은 더 하면 할수록 우리 관계의 방해 거리가 되어버렸다.
"사랑해"라는 말이 더 듣고 싶다던 사람은 어디로 가버렸

을까.

그래서 참아오던 말을 너에게 전했다.

네게 표현하던 나의 사랑을 더는 표현할 길이 없어서.

아니, 더 이상 나의 표현을 사랑으로 받아들이지 못하는
네가 있어서.

내가 손댄 것대로 물들어 갔으니, 더 이상 손 닿지
않을게.

웃었는지 울었는지 모르겠는 표정으로 돌아섰다.

표현이 어색해서 처음으로 "사랑해"라는 말을 내뱉던 날
에 네 표정이 생각나서 웃었다.

그리고 더는 표현을 하지 않아도 된다는 해방감에 마음
껏 울었다.

가설의 결과

너를 보내보았다. 그러면 달라질까 해서,
우리가 다시 돌아갈까 해서.

너를 바래다주고 돌아가는 길에 늘 울리던 전화기는
조용했다.
당연함은 우리를 설명하기엔 너무 필수적인 요소가
되었다.
어느새 우리는 서로에 대해 알지 못하는 점이 많아져
갔고, 새벽 밤 창가에 기대어 찾던 달은 어느 순간부터
나타나지 않았다.
아이처럼 돌봄이 필요한 건 아니었다.
다만 혼자가 익숙해졌고, 너에게 내가 필요하지 않은 것
처럼 나도 너의 필요성을 느끼지 못할 뿐이었다.
그래서 헤어져 보았다.
너를 보내보았다. 그러면 달라질까 해서, 우리가 다시

아마 평생 사랑할 너에게

돌아갈까 해서.

그런 가설의 결과는 지금의 우리가 되었다.

그리고 나는 너를 첫사랑이라고 불러야 할지를 조금
고민했을 뿐이다.

다시 시작

다시 사랑하지 못해도 괜찮아. 다시 좋아하면 되는 거야.
다시 좋아하다 보면 다시 사랑하게 될 거야.

"처음 좋아했던 이유가 뭐였었지."
창밖에 물방울이 유리를 타고 내리는 것을 보던 네가 말
했다.
"그때 가방 대신 들고뛰어 준 거라 했잖아."
습관적으로 의도한 바 없이 그저 내뱉는 말은 오래전 들
었던 첫 만남의 한 장면이었다.
"아니, 그런 거 말고 그냥 왜 좋았더라. 우리는 이것저것
안 되는 이유가 많았는데"
차분히 내려앉은 목소리가 나를 숨죽이게 했다.
"다시 헤어지고 싶어서 그러는 거야?"
살짝 날이 선 질문에 유리창에 흐르는 물방울처럼 넌 흘
러내리며 말했다.

아마 평생 사랑할 너에게

"그런 거라면 말하고 갔겠지."

맞네.

결국 그런 거잖아.

우리가 다시 못 만나는 이유는 싫어하는 게 있어서가 아니야.

처음 서로를 사소한 이유에 좋아했던 것을 기억하지 못하는 게 이유겠지.

다시 만나야 하는 이유는 사소한 이유 하나를 위해 만나는 것이니깐.

세상에 안되는 이유는 많을 거야. 붙이는 대로 말이라고 나오는 게 인간의 언어이니깐.

결국 우린 처음처럼 작고 사소하며 별 볼 일 없으며 어디서든 흔히 보고 누구나 가질 수 있는 그런 하나의 이유를 보고 다시 좋아하게 될 거야.

다시 사랑하지 못해도 괜찮아. 다시 좋아하면 되는 거야.

다시 좋아하다 보면 다시 사랑하게 될 거야.

네 주변

니가 싫었던 건지. 네 주변이 싫었던 건지.

싫다고 헤어지자고 말했다.

울며 나를 붙잡았지만

나는 그런 네가 싫어서.

더 이상 편두통의 원인을 내버려 둘 수는 없어서.

그런 너를 길에 두고선 떠났다.

사실 니가 싫었던 건 아니었다.

네 주변이 싫었다.

우리의 편인척하며 너의 편, 때로는 너의 편도 되지 않는

그들을 알게 된 순간부터 혐오했다.

잘 모르겠다.

니가 싫었던 건지. 네 주변이 싫었던 건지.

다만 네 주변을 처신하지 못해 나에게 칼을 던지는 그들

을 말리거나 내 앞을 지키지조차 못하는, 어쩌면 그러지

않는 니가 싫었을 뿐이야.

그것도 너라고 해야 할까.

그건 아닌 것 같아서.

이별을 말한 지 일주일이 지난 지금도 나는 니가 싫었던

건지. 네 주변이 싫었던 건지 결론짓지 못했다.

구조救助

너의 어지러운 밤을 동참할게.

너의 어지러운 밤을 헤매는 동안, 나는 그 속에서 너 하나
만 찾아 헤맸다.

너를 찾았을 때 나는 주저함 없이 너를 꺼안고 내 온기를
나누기를 거절하지 않았다.

너의 어지러운 밤을 동참할게.

깨어나면 기억조차 안 나게.

이 밤을 잊게 만들게.

진동

도망치는 전화로부터 울리는 진동을
손에 느끼는 게 얼마나 아프던지

이제 너도 그만해 주면 안 될까?
사랑은 둘이 함께 하는 거잖아.
한쪽이 그만두면 끝나는 거잖아.
니가 이런다고 내가 붙잡히지 않을 텐데
너도 알면서 왜 그러는 거야.
내가 너무 힘들어서 그래
도망치는 전화로부터 울리는 진동을
손에 느끼는 게 얼마나 아프던지
넌 아직도 몰라서 그래.

큐알코드, 진동 소리. 반복.

결국 너도 이리 나를 버리고 떠나네.

이제까지 왔던 그들과 똑같은 모습으로

나를 두고 떠나는구나.

말 한마디, 그 뒷모습까지 그대로 똑같이.

처음엔 모두 감당하겠다고는 와서는

나에겐 그 무엇보다 가장 솔직했던 마음을 욕하고선

이제까지 왔던 그들과 똑같은 모습으로 내버려 두고 떠

나는구나.

말 한마디, 그 뒷모습까지 그대로 똑같이.

또 이 방 안에서 너를 붙잡다가 버리고 떠난 너의 겉옷 하

나 끌어안고선

신발장에서 너를 쫓아가지도 못하고 쓰러져서 울어대.

얼마나 그리워했을까. 잠시 후 내 안에 끓어 오름을 주체

하지 못하고

세면대로 달려가 뱉어낸 초록색의 액체를 바라보며 화장

실 바닥에 누워서

끙끙 혼자 앓아대며 살포시 너의 이름을 불러.

나의 머리를 쓰다듬으려 손이 먼저 나서던 돌봄은 이제

없고, 차가운 바람만이

머리를 치고 지나간다.

나를 아끼던 네 손길과는 다르게 머리를 이리저리 거칠

게 흩트려 놓으면서.

아마 평생 사랑할 너에게

끝내, 끝까지 내내.

"정을 주다가 끝내 나까지 주었나."

끝난 관계에 뭐 이리 미련들이 많은지.

너도 그렇고, 나도 그렇고.

있을 때나 잘하지.

너도 그렇고, 나도 그렇고.

다시 돌아오지 못할 말들만 해놓았는데.

너도 그렇고, 나도 그렇고.

정이 미워서 차단까지 해놓고 연락하려고 술을 마셨나.

너도 그렇고, 나도 그렇고.

보고 싶다.

너도 그러지, 나도 그래.

"정을 주다가 끝내 나까지 주었나."

호우주의보

그냥 오늘은 흐르는 빗방울 사이에서도

그대가 그려지는 날이니깐.

호우주의보 내렸더라고요.

내가 있는 이곳에도.

뉴스 보니 그대가 있는 곳에도.

많은 비가 내렸죠.

출근길 창가에 비는 유리에 스크래치를 내듯 쏘아

내렸습니다.

신발 바닥에 사이사이 껴있던 물들이 서서히

나왔습니다.

비도 이렇게 보니 하나하나 사이 간격이 있더군요.

그래서 오늘은 그대 생각을 했습니다.

그리고 아주 조금은 그대를 그리워했습니다.

우린 이제 몇 개의 계절이 지나 다시 우리가 처음 만나고

아마 평생 사랑할 너에게

다시 보내던 그 여름을 맞았지만, 나는 아직도 내 삶 속의
사이사이에서 그대를 찾습니다.
그래서 오늘도 그대 생각을 합니다.

그냥 오늘은 흐르는 빗방울 사이에서도
그대가 그려지는 날이니깐.

상처

이제 와서 뭘 챙겨줘
상처는 니가 내놓고

꼴도 보기 싫은 네가 다시 나타나선
나를 챙기는 게 웃겨.
이전과는 다른 사람임을 증명하기 위해 발악하는
너를 보며
코웃음 치다 못해서 소리 내어 웃기까지 한다.

이제 와선 뭘 챙겨줘.
상처는 니가 내놓고.

목에 걸린 가시

내 목에, 가슴에 그대가 박은 가시가
늘 거슬리게 했다.
나는 그게 숨을 쉬어도, 밥을 먹어도, 일을 해도
너무너무 아프고 아팠다.

단순한 아픔인데
반복적인 아픔이라
힘이 들고 지치게 하는 그런 아픔인 거지.
누구에게 아프다 말할 수 없는 작은 것이지만.
나에겐 매 순간이 신경 쓰이고 아픈 그런 아픔.

이상한 나라의 앨리스

니가 가장 좋아하던 것들이

이젠 내가 가장 싫어하는 것들로 바뀌었다.

그것은 그저 계절을 따라 바뀌는 바람보단

찬란한 하늘 속에 갑자기 생겨난 폭풍우 같아서.

내 마음속 모든 것을 헤집어 놓았다.

아마 평생 사랑할 너에게

오해

오해를 그대로 두었다.

너의 마지막 말이 진실이든 아니든 뭐가 중요해.

진실이었어도 우린 끝이었을 텐데

사랑받기 위해서 했던 연애가 가장 마음이 가는

사람에게

상처를 주고받는 행위였다는 걸 알았다면 연애 따위

시작도 않았을 텐데.

그냥 이대로 놔두자.

만져도 변하는 것은 없을 것 같았기에.

너도, 나도 더는 상처 입히지도 받지도 않기 위해.

초라한 사랑을 선택한 것도 결국 나여서.

그렇게라도 네 목소리를 듣고 싶어서.

술 먹고 다른 여자의 이름을 부르는 너의 전화를

받고서 한참을 조용히 있었다.

그렇게라도 네 목소리를 듣고 싶어서.

내가 봐도 참 초라한 사랑이었다.

기억하지 못해도 괜찮아.

내가 우리를 기억하니깐 괜찮아.

항상 아쉽고 초라한 건 내 쪽이겠지.

이전에도 그랬듯, 지금도, 앞으로도.

그럴 테지.

ㅈㅗㄱㅏㄱㅈㅏㅁ

네가 떠난 뒤 조각 잠을 자면서 너를 맞췄지.

너를 보내곤 마지막에 같이 뒤집어서 엎어버렸던

퍼즐 판을 나 혼자 맞추곤 했다.

분명 너와 같이 할 땐 내가 더 앞서서 척척 맞추던 퍼즐이

하나도 기억나지도, 제자리를 찾아낼 수도 없었지.

왜일까 스스로 곱씹었으나 이유를 찾지도 못하고

이리저리 애꿎은 조각만 집었다, 놓았다 반복했지.

그렇게 해를 보내고 밤이 되어도 맞추지 못한 퍼즐을

뒤로한 채 잠자리에 누웠다지.

잠자리에 누워서도 계속 퍼즐 맞추기는 끝나지 않았다.

새벽 내내 그렇게 나는 조각 잠을 잤다.

네가 떠난 후에 나는 조각 잠을 자면서 혼자 너를 계속

맞췄지.

이미 같이 뒤집어엎어 버린 퍼즐을 나는 조각 잠을 자며

아마 평생 사랑할 너에게

너를 맞추려 한 거지.

우리의 연애처럼.

나에게만 맞춰줬던 우리의 퍼즐이었으나, 곧 나의 퍼즐

처럼.

고민, 해결.

찢어진 마음도 다시 붙일 수 있지 않을까 하는
고민을 해본 적은 있는지.

이미 알고 있었지.
보고 싶다는 말이 네 입에서 나온 지 좀 시간이
지났으니깐.
사랑해는 더 먼 과거였고
어느 순간부터 나보다는 핸드폰을 많이 보았으니깐.
그러면서 함께 찍은 사진은 없었으니깐.
아무것도 바라진 않았어.
바라면 또 실망할 것 같아서.
기대가 없으면 실망하지 않을 수 있을 것만 같아서.
그래도 다시 노력했는데 우린 이런 결말에 이렇게 이별
을 하는구나.
네게 물어는 보고 싶네.

찢어진 마음도 다시 붙일 수 있지 않을까 하는 고민을

해본 적은 있는지.

이제 더는 그런 고민은 하지 않아도 되겠구나.

고민 해결이다. 그렇지?

그래도 나에겐 사랑이었네.

정말 사랑이었어.

인디음악

너에게 보내줬던 인디음악도 다시 듣고 싶은데
도무지 기억이 나지 않아서 못 들어.
너 같아. 잊혀지고 있어서 꼭 너 같아.

얼굴 한 번 안 보여준 너를 생각하면서
니가 보내줬던 음성 메시지만 돌려 들어.
5초밖에 안 되는 걸 몇 분 동안 반복해서 듣다 보면.
네가 정말 옆에 있는 것 같아서.
연락처를 지웠어.
내가 없어져도 너는 여전히 바쁘겠지?
방학인데 가게에 나가려나
독일어는 계속 열심히 공부해?
아직도 인디음악만 듣고?
물어보고 싶은 게 많은데.
내가 일부러 너의 연락처를 지웠어.

근데 아직 너는 아니지?

전화가 오면 좋겠다.

오늘 노래를 듣는데 많이 생각나더라.

너에게 보내줬던 인디음악도 다시 듣고 싶은데 도무지

기억이 나지 않아서 못 들어.

너 같아. 잊혀지고 있어서 꼭 너 같아.

고양이는 야옹 하고 웁니다.
나도 따라 울고요.

며칠째 자꾸 나를 따라다니는 고양이를 보며
네가 고양이로 내게 다시 온 거 아닌가 했다.
아닌 걸 알지만 그만큼 바랐다는 거지.

무척이나 고양이를 좋아하던 너였다.
그래서 그렇게 생각한 걸까.
우린 이미 끝났는데 나만 생각으로 자꾸 네가 나에게로
올 수 있는 길에 표시를 한다.
고양이의 울음에 같이 울어버렸다지.
그 소리가 너무 그리워서, 너무 구슬퍼서 그러니 이렇게
길바닥에 주저앉아 우는 거겠지.
너는 울지도 않았다.
그저 내 옆에 가까이 와서 한두 바퀴 돌다가 배를 바닥에
대고 엎드려 누웠지.

나는 울음이 그치고도 한참을 그렇게 있었다.

아직 옆에 있는 너를 조금이라도 보내고 싶지 않아서.

내 곁에 있어 주는 것 같은 네가 좋아서.

선물 취소가 완료되었습니다.

너 진짜 못된 거 알지.

그렇게 떠날 거면 선물 취소는 왜 하는 거야.

그냥 받아.

너에게 준 내 마음마저 그냥 다 다시 주면

나는 뭐가 되는 건데.

내가 너에게 줬던 마음은 다 뭐가 되는 건데.

그 정도 마음이면 그렇게 하지 말지.

니가 울면서 붙잡아야지.

니가 그렇게 좋은 사람이라고 말했으면

끝까지 고집이었어야지.

그럴 것도 아니면서, 나에게도 왜 넌 끝까지 좋은

사람인 건데

나는 사랑에 고집을 부리지 않는다는 말은

사실 이기적인 마음이었다.

이타적이라는 색으로 칠한 이기적인 마음.

고작, 자신의 포기를 선의로 둘러싸는 행위.

아마 평생 사랑할 너에게

너무도 바빠서

아직도 너를 아파하기엔
나는 할 일이 너무 많았다.

아직 난 바쁘게 살아.
아니 그냥 바쁘게 살아.
사실 누굴 위해 이렇게 사는지도 모르게
하루하루 살아가.
출근과 퇴근의 반복에서 입에 들어가는 밥은
무감각해지고 잠은 언제 잠들던 피곤하며
다시 일어나 얼굴 한번 물 끼얹어 놓고는
한참을 거울을 바라보다가 나와.
너를 보내고 아파하기엔 너무도 바빴어.
너를 혹여나 마주치는 날이 온다면 이런 말을 전하겠지.
그래서 난 괜찮았어.
아무렇지 않았어.

일이 바빴어.

울며 깨던 새벽이 있었지만, 남들 행복한 연애를

바라보며 고개 푹 숙이기도 했지만

나를 사랑해 주는 사람이 없었기에 그저 나는 바쁘게

살았어.

그러니 오늘도 너를 만나면 이렇게 말할게.

나는 너무도 바빠서 아파할 수도 없었다고.

그래서 괜찮았다고 말할게.

아마 평생 사랑할 너에게

외면당한 마음마저 주워 담아 포장할
자존심은 없었기에.

나를 욕하는 사람의 손가락을 물어뜯을 자존심은
있었어도, 너에게 악이 되는 그 무엇에도
저항했던 나의 자존심과는 다르게 나에게 그런 자존심은
없었지.
나에게 소중한 것을 지킬 자존심은 있었으나,
더 이상 의미를 잃어버린 것에
끝까지 결사 항전할 자존심은 없었던 거야.

그렇게 사랑했던 너를 잊을 수 있다는 걸 다행이라
해야 할까.
사랑이라고도 하지 말라고 했던 너의 마지막 말을
너는 지금도 기억하는지.
아직도 그런 말을 하던 너에게 우리가 해왔던 건 그럼
무엇이었는지 묻고 싶었음에도 참아 삼켜버린 것을

아직도 나는 사실 후회하긴 해.

그럼에도 내가 마지막에 철저하게 그런 선택을 한

이유는

외면당한 마음마저 주워 담아 포장할 자존심은

나에게 없었던 거야.

좋은 말들로 포장해 왔던 그전의 이별과는 다르게

너에게 마지막으로 보여준 내 마음은, 외면당했던

그 마음은 내가 지금껏 해온 그 어떤 이별과는

다른 아픔을 소유했기에.

아무튼 그런 자존심은 나에겐 없었어.

나를 욕하는 사람의 손가락을 물어뜯을 자존심은

있었어도, 너에게 악이 되는 그 무엇에도 저항했던

나의 자존심과는 다르게 나에게 그런 자존심은 없었지.

나에게 소중한 것을 지킬 자존심은 있었으나, 더 이상

의미를 잃어버린 것에 끝까지 결사 항전할 자존심은

없었던 거야.

너는 적어도 이 정도 고민은 했는지 묻고 싶어.

이기적으로 살아도 괜찮아.

결국 그걸 껴안는 건 모두 너의 몫이 될 테니.

너에겐 이젠 너의 말처럼 내가 없으니, 그 이기심을

지적할 사람도 없을 테니.

너에게 바라는 게 이런 것이라
미안할 따름이야.

너도 조금은. 그러니깐 아주 조금은 아파해 주라.

너에게 바라는 게 이런 것이라 미안해.

끝까지 이런 나여서, 그럼에도 아직 너를 사랑이라

불러서 미안해.

고마워. 나와는 다르게 아픔에 허덕이지 않는 너라서.

적어도 상처 줬던 사람이 아파야만 한다고 생각했는데

우리가 같은 형태를 가지고 있어서.

그런데 너도 조금은 뒤로 아파하겠지?

그래도 조금은 그럴 거라고 믿어.

우리가 함께했던 아름다운 추억이, 우릴 비추던 세상이

깨어져 버렸을 때

분명 내 하늘에선 유리 조각이 비처럼 쏟아져 내렸나 봐.

함께 보았던 햇살은 이젠 깨진 유리 조각에 반사된 빛이

아마 평생 사랑할 너에게

되어

이리저리 난도질하곤 아무 일 없었다는 듯 땅에 닿기 전

사라지니깐.

쏟아져 내림에도 가만히 있던 나니깐.

너도 조금은. 그러니깐 아주 조금은 아파해 주라.

너에게 바라는 게 이런 것이라 미안해.

끝까지 이런 나여서, 그럼에도 아직 너를 사랑이라

불러서 미안해.

모닝콜

너 말고 다른 사람이 보내는 아침 전화에 깨긴

쉽지가 않더라.

지난밤 꿈에선 니가 나왔으니깐.

억지로 나간 소개팅과 생각보다 괜찮은 사람.

이어진 연락과 몇 번의 데이트.

괜찮다는 말에도 아침에 울리게 해주던

그 사람의 아침 전화.

근데 말이야.

너 말고 다른 사람이 보내는 아침 전화에 깨긴 쉽지가

않더라.

지난밤 꿈에선 니가 나왔으니깐.

아마 평생 사랑할 너에게

저항성은 없습니다.

사랑은 너무 쉽게 와서는 나를 너무 어렵게 만들었을
뿐이야.
가질 수 없었다.
가지려 해볼 생각도 들지 않게 매번 가득히 취했기에
어쩌면 사랑이라는 것, 그대라는 것에 대한 저항성은
없습니다.

사랑은 꼭 그렇게 찾아와.
아무 저항성 없이 자신을 받아들이게 해놓고
이리저리 돌아다니고 헤집으며 정신 못 차리게 하다가
이곳저곳 온 방 안에 체취를 묻혀놓고는 스스로 문을
열고 떠나간다.
그대를 위해 풀어놓은 잠금쇠는 너무도 쉬이 열고
나가서는 정신 차렸을 땐
온 집안에 곳곳이 그대의 체취만 채워져서는 떠난 후에

도 가득히 취해 정신을 못 차렸지.

향에 취해 눈시울이 붉어질 때면 그런 그대를

불러보았다.

"내 사랑아, 내 사랑아."

이미 떠난 사랑은 내겐 너무 어려웠지.

그래 맞아, 사랑은 너무 쉽게 와서는 나를 너무 어렵게 만

들었을 뿐이야.

가질 수 없었다.

가지려 해볼 생각도 들지 않게 매번 가득히 취했기에

나에게 어쩌면 사랑이라는 것, 그대라는 것에 대한 저항

성은 없습니다.

아마 평생 사랑할 너에게

알고 있지만

그렇게 같은 실수를 반복한다.

뜨거운 줄 알면서. 데일 걸 알면서.

모르긴 뭘 모르겠어.

사람 많은 번화가에서 울려놓고 돌아서 집으로 가려다가

그 수많은 소음에도 유독 들리는 너의 훌쩍임에

발걸음 멈추고 잠시 있다가 다시 돌아선다.

끌어안고서야 비로소 안심한 듯 자신의 잘못을 소리로

내어내는 너야.

사실 돌아서서 결심했지. 너 다시 한번 믿어보기로.

아닌 거 알면서, 그래도 너 한번 믿어보기로.

그렇게 같은 실수를 반복한다.

뜨거운 줄 알면서. 데일 걸 알면서.

모르긴 뭘 모르겠어.

알아도 믿는 것뿐이야.

1. 당신의 가장 불행한 이별은 무엇이었나요?

2. 당신의 가장 행복한 이별은 무엇이었나요?

아마 평생 사랑할 너에게

3. 만약 당신에게 다시 한번 이별이 다가온다면 바라는 것이

  있을까요?

이후 다음 장으로 이동하세요.

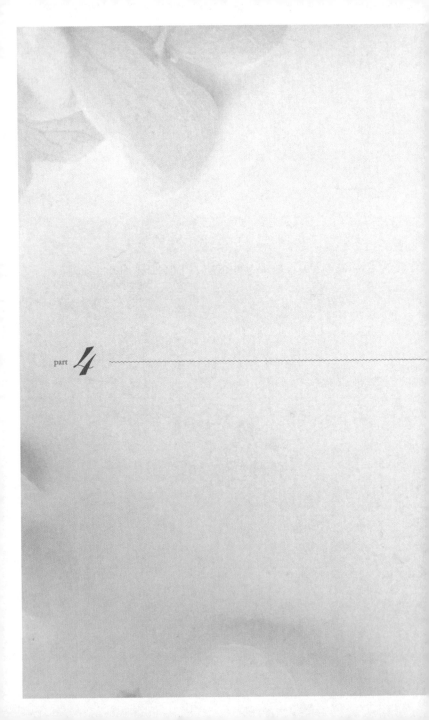

part *4*

그냥 생각나서
전화해 봤어

좋은 이별

자, 약속해.
행복하자.
너도.
나도.

흔한 사랑

그런 너와 함께한 흔한 순간이 좋았다.

흔해서. 내 친구도 다 했던 그런 사랑이라서.

우리의 사랑은 흔한 것투성이였다.

남들 다 가는 한강공원 걷다가 손을 잡고

데려다준 집 앞에서 숨죽여 입을 맞추고

뻔한 걱정과 질투를 하다가 서로의 자존심과 마음을

보고

흔한 사연 하나쯤으로

남들과 똑같이 그저 그런 이별까지 맞이했다.

그런 너와 함께한 흔한 순간이 좋았다.

흔해서. 내 친구도 다 했던 그런 사랑이라서.

특별해 보이지만 사실 특별하지 않은 그런 사랑이라서.

우리가 했던 그런 흔한 사랑이 몇 년이 지난 지금도 나를

울고 웃게 했다.

그럭저럭

그냥 그럭저럭 살아. 여전히 바라는 것도 많이.

그중엔 너를 가장 많이.

너를 보내고선 그냥 그럭저럭 살아.

여전히 바라는 건 한없이 많아서 두 손이 모자라고

일은 어찌나 잘 풀리는지 계획보다 더 잘 돼서 발이 따라

가기 바쁠 따름이지.

그러면서 여유도 늘고 내가 좋아하던 것도 이젠 너와 같

이 지내던 그때완 다르게 너무도 많이 즐기지.

그런데 아직도 바라는 게 좀 있기는 해.

다 이룬 것 같은데 좀 그렇긴 해.

그런 나를 위해 그럭저럭 산다는 말을 입에 붙였어.

그냥 그럭저럭 살아.

여전히 바라는 것도 많이.

그중엔 너를 가장 많이.

첫사랑

나의 첫사랑이던 너는 나를 첫사랑이라 부르는지.

첫사랑이 뭐가 중요할까.

그럼에도 왜 사람들은 첫사랑이 누군지 궁금해할까.

가장 서툴렀던, 그럼에도 빛을 보았던 그 사랑을.

우연히 몇 번씩 나오는 첫사랑 얘기에 나는 너의 이름을

말한다.

나의 첫사랑이던 너는 나를 첫사랑이라 부르는지는

모르겠으나

그런 질문에 나는 매번 주저 없이 너의 이름을 말했다.

나의 첫사랑이던 너는 나를 첫사랑이라 부르는지.

아마 평생 사랑할 너에게

열망熱望

끝까지 너를 열망하길.

너도 나를 한 번쯤은 열망해 주길.

내가 너를 바라는 만큼 너도 나를 바랄까.

아니, 그래 본 적이나 있을까.

너와 어렵게 약속을 잡고 만나러 가는 길에는 꼭 그런 생

각들을 밟고 갔다.

그러고 동시에 다짐했다.

끝까지 너를 열망하겠노라고

끝까지 너를 열망하길.

너도 나를 한 번쯤은 열망해 주길.

2,500원짜리 감기약

이제 와 생각해 보니 그렇네.
2,500원짜리 감기약이, 3,000원짜리 연고 하나가
뭐 그리 고마웠겠어.
내 작은 아픔조차 같이 아파하던 그 마음이
고마웠던 거지.

가족이 없었어.
있어도 가족이라는 사람들은 도움이 되지 않았어.
어느 순간부터 기대조차 하지 않았어.
손을 다치고 들어와도, 그 상처에 검은 때가 끼어 살아도
무덤덤히 지냈어.
나도 느끼지 못하는 고통을 넌 느낀 건지.
무심히 내민 약 봉투에는 연고가 있었다.
이제 와 생각해 보니 그렇네.
2,500원짜리 감기약이, 3,000원짜리 연고 하나가

뭐 그리 고마웠겠어.

내 작은 아픔조차 같이 아파하던 그 마음이 고마웠던

거지.

너무도 늦게 알아서 미안

이제야 말해서 미안

그때 부둥켜안고 울기만 해서 미안해.

Draw you.

그런 때가 있었다.

너를 그리라면 나를 그리고

나를 그리라면 너를 그리던 시절이

오랜만에 팔레트를 펼치고,

물감을 짜고,

붓을 들었다.

사랑이라는 주제로

어두운색으로 칠해 나가다가

얼핏 보이는 모습에

우리가 보여서

애써 웃어보았다.

그런 때가 있었다.

너를 그리라면 나를 그리고

나를 그리라면 너를 그리던 시절이

아마 평생 사랑할 너에게

말하는 대로

내뱉는 말을 아끼지.
보고 싶다고 하면
다시 보고 싶어져서.

말하는 대로 이루어진다고 했나.
그렇다면 말을 아껴야지.
혹은 내 바람대로 이야기하는 건가.
그렇다면 말을 아껴야지.
내 입을 통해 나온 단어들이 모여서 이야기를 만들고
이야기로 하여금 내 의지가 이어져서
가끔은 의도적으로 도망쳐.
지금이 그렇겠지.
보고 싶다고 하면 진짜로 보고 싶어져서.

집밥

너는 나에게 집밥이었다.

너 빼곤 다 자극적인 맛뿐이었지.

짜고 달고 맵고.

집밥이 생각난 것뿐이었어.

외식만으로 살기는 힘들더라.

아무리 좋은 음식도, 아무리 예쁜 음식도 쉽게 질려서는

생각만으로 맛이 떠오르는

너무도 그리운 집밥만 못하더라.

너는 나에게 집밥이었다.

너 빼곤 다 자극적인 맛뿐이었지.

짜고 달고 맵고.

확률 문제

놓치지 않으려고 달려서 탄 지하철 자리 맞은편에
니가 앉아서 우리가 다시 마주할 확률은 얼마나 되는
걸까.

놓치지 않으려고 달려서 탄 지하철 자리 맞은편에
니가 앉아서 우리가 다시 마주할 확률은 얼마나 되는
걸까.
나는 고민을 하고 있어.
너를 바라봐야 할지
고개를 떨구고 내 머리카락으로 내 얼굴을 가려야 할지
넌 아직 나를 못 본 눈치네.
보면 어떤 표정을 지을까.
그 표정을 보려면 너를 바라보고 있어야 하는데
그게 잘되지 않아.
네 신발을 보았어.

아마 평생 사랑할 너에게

왜 아직 그런 발 아픈 신발을 신고 있는지

발목 시리게 왜 그런 양말을 신었는지

오랜만에 매일 너에게 하던 잔소리를 마음속에서 말해.

"내리실 문은 왼쪽입니다."

아, 다행이다. 일어서네.

"문이 닫힙니다."

고개를 들고 이제야 숨을 고른다.

"띠링."

그만, 나는 숨이 멎고야 만다.

[봤으면 인사를 하던지, 뭘 잘못했다고 그러고 있냐]

아, 다 알았구나. 넌 다 알았어.

좋은 이별

자, 약속해.

행복하자.

너도.

나도.

우리 약속해.

떠났어도

진짜 행복하자.

힘들겠지만.

결국 그렇게 되자.

아마 평생 사랑할 너에게

오늘도 당신을 좋아해서 미안합니다.

당신이 보지도 못하는, 보지 않는 이곳에 글을 쓰는
이유는 이렇게라도 말하지 않으면 당신을 보러 갈 것
같아서요.

오늘 또 그대에게 이렇게 편지를 써요.

어젯밤은 너무나 힘들었어요.

그랬잖아요. 진짜 견디다가 못할 때 연락하라고

받아주겠다고.

어제가 바로 그런 날이었는데

어제는 당신의 행복한 날이라

내 우울, 불안을 부탁하고 싶지 않았어요.

혼자 어제 병실에서 소리 없이 울다가 그렇게

잠들었어요.

전화했다면 왜 울었어? 라고, 물었겠죠?

보고 싶어서요. 몸 아픈 것도 앞으로의 내 앞날도

현재 감당하는 모든 게 힘들지만

어제는 단지 저 이유 하나뿐이었어요.

보고 싶어요. 당신이 너무 보고 싶어요.

어제는요. 나는 그게 너무 힘들었어요.

당신이 보지도 못하는, 보지 않는 이곳에 글을 쓰는

이유는

이렇게라도 말하지 않으면 당신을 보러 갈 것 같아서요.

아마 평생 사랑할 너에게

환청

"○○아, 괜찮아."

오늘도 난 너의 환청에 뒤를 돌다 다쳤다.

하루에 한두 번 살짝 선명하게 들려.

어떨 땐 이미 돌아간 몸이 어색할 정도야.

생생하달까.

네 품에서, 내가 좋아하던 네 살냄새가 나는 옷에서

품어 듣던 그 목소리와 같아.

괜찮아.

그리고 놀라서 뒤돌면 아무것도 없지.

"누나가 옆에 있잖아.

봐봐. 누나가 옆에 있잖아."

그런 내 옆엔 네 목소리만 바람에 흩어져 날아갈 뿐이야.

나는 작게 속삭여.

"이젠 없잖아."

그렇게. 다시 나는 일을 해.

들려준 목소리에 놀라 박은 종아리 상처의 검붉은 피가

드리우며.

아마 평생 사랑할 너에게

너는 무슨 자격으로 내게 와

니가 뭔데
다시 와서 지금껏 잘 참았던 눈물을 터트리는 건지.

끝에 다다른 순간조차도 울음을 머금고도
나쁜 말 한 번을 못 했다.
너의 나쁜 말만 듣다가 니가 남겨놓고 떠난 그 자리에서
한참을 창만 바라보다가 집으로 갔다.
그 이후로 남자로 울지 않았다.
사랑을 받아들이지 않았으니깐.
그런 너에게 다시 연락이 온다.
네가 아는 사소한 연으로 나를 이어보려 애를 쓴다.
그때부터 한 번도 울지 않았는데.
니가 뭔데
다시 와서 지금껏 잘 참았던 눈물을 터트리는 건지.

새겨짐

어느 순간 너를 생각하지 않아도 생각이 나더라.

머리가 그러는 거라면 그만할 텐데

마음에 니가 새겨져서 그런가 보다.

문득문득 생각이 났다.

오랜 연애의 종착점은 결국 너일까 두려워하더니 실제가

될 때쯤엔 두렵지도 않았다.

머리는 잊은 지 오래였다.

사진을 불태우며 우리의 추억을 하늘로 날리던 그날에

이미 나는 너를 잊었다 생각했다.

그래서 아무렇지 않은 듯 말을 뱉고 살아갔다.

그랬다.

어느 순간 너를 생각하지 않아도 생각이 나더라.

머리가 그러는 거라면 그만할 텐데

마음에 니가 새겨져서 그런가 보다.

아마 평생 사랑할 너에게

써진 것 같아서 지웠는데.

지우개로는 새겨진 것을 지울 능력은 없었다.

역린 逆鱗

가족이란 게, 너라는 게

나에겐 그랬다.

다시 돌아온 명절에 가족 애기가 나오자 다투기

시작했다.

이래서 명절 따위 오지 않길 바랐는데

나이가 들수록, 결혼에 직면할수록 더더욱이나

가족은 더는 피할 수 없는 문제였다.

역린이라더라.

용에게 거꾸로 난 단 하나의 비늘.

용의 약점이자 치부인 곳.

그래, 딱 역린이었어.

가족이란 게, 너라는 게

나에겐 그랬다.

아마 평생 사랑할 너에게

도돌이표

너에게서 몇 걸음이나 도망갔다고 다시 걸음 수를
세고 있었다.
멀리 가지도 못하면서
다시 돌아갈 거면서
그렇게 바보 같이

"오랜만에 전화했네, 바빴나 봐?"
너는 전화를 받자마자 그런 말을 했다.
거기서 또 솔직하게 대답하지.
"아냐, 그냥 잊어보려고 일부러 안 했어."
"음,, 잘 안됐구나. 전화한 거 보면"
"쉬울 리가."
잠깐의 정적이 흐른다. 하긴, 넌 할 말이 없긴 하지.
"그래도 헤어지고 제일 오래 연락 안 했어."
"그래, 나도 알아. 잘했네."

"음.. 그래. 잘 지내."

"너도"

전화를 끊는다.

너에게서 몇 걸음이나 도망갔다고 다시 걸음 수를 세고

있었다.

멀리 가지도 못하면서

다시 돌아갈 거면서

그렇게 바보 같이

아마 평생 사랑할 너에게

푸념

그날은 길이 예뻤던 건지

니가 예뻤던 건지

둘 다 예뻤던 거지.

우리 데이트하던 그 길을 기억하나.

사실 이젠 처음은 나도 가물가물해서 거의 기억이 없다.

아, 처음 만났을 때쯤 말이야.

아무래도 나에겐 서툰 지역이었고

사실 쇼핑몰과 길게 뻗은 대로 말고는 역과 역 사이에는

있는 게 없었잖아.

그런 길이 왜 아름답게 기억되나 몰라.

후에 조금 더 간 옆에 1호선 송내역 꼬칫집에서 술을

먹었었지.

그날도 기억하려나.

헤어지고 속 터놓고 얘기하고 결국 네가 먼저 날 두고

가버린 그날,

내가 용서하지 못한 사람에게 전화하는 사이

걸려 온 여러 번의 전화 그리고 다시 전화한 너의 화난

목소리.

그 전화까지 끊고 집에 가던 길에 그 앞을 지나갔어.

하나도 안 예뻤어.

아무것도 없는 대로에 고가 차도까지.

거친 소음과 차밖에 없던, 걷는 사람 하나 없던 그 거리.

그래서 생각했어.

뭐가 예뻤을까.

이제 와 무슨 소용이겠냐마는

아무렴 어때.

그냥 푸념인걸.

술 먹지도 않고 화도 내지 않고 울지도 않으면서

이제 무덤덤히 내놓는 푸념.

이 글이 끝나면 울 수도 있겠다.

아무렴 어때.

이젠 푸념인걸.

결국 우리의 입에선 같은 말이 나오겠지.

"그러게, 있을 때 잘했어야지."

그러게 이젠 다 지난 푸념이네.

상실의 순간

나의 상실의 순간에 가장 보고 싶었던 건 다름 아닌
오래전 헤어진 너였다는 게 가장 힘들게 했다.

상실의 순간이 오고야 말았다.

소중했던 것들이 이제는 되돌릴 수 없는 곳으로

가버렸다.

앉아서 가만히 기다렸다.

친구들과 동료들이 왔다.

내 곁을 지켜주던 사람들, 나를 진심으로 생각하는

사람들

고마웠다.

네가 떠난 후 사랑받기를 원하고 바라며 노력했다.

그 결과는 이렇게 보답 되었다.

그럼에도 나는 여전히 기다린다.

나의 상실의 순간에 가장 보고 싶었던 건 다름 아닌

아마 평생 사랑할 너에게

오래전 헤어진 너였다는 게 가장 힘들게 했다.

우리가 구체적으로 어떤 사이였는지 모르겠으나

어느새 문득 떠오른 생각이 네가 되어선

이제는 생각을 떠오르기 전에 너를 먼저 떠오르게

되었다.

생각은 공교롭게도 내 바람과는 늘 다르게 흘러선

나를 휘두름에 거침이 없었다.

그리고 그 휘두름의 원인은 언제나 너로 시작되어

너로 끝이 났다.

뒤집힌 배

나는 그저 우리의 뒤집힌 배가 그리울 뿐이야.

뒤집힌 배에서 같이 물에 젖어선 그 모습에 서로 웃던

우리가.

그때의 뒤집힌 배가.

그땐 어쩔 수 없었어.

내가 살아야 했기에 뒤집힌 배를 버려야 했어.

무기력과 자해로 가라앉는 배의 방향타를 잡곤 계속

몰 자신은 없었으니깐.

구명정에서 뒤로 잠기는 배를 바라보지 않았어.

다시 돌아가고 싶어질까 봐.

거기서 죽어가는 너를 마주할까 봐.

다행히 내가 탈출하니 다시 배는 뒤집혀 하늘을 보더라.

내가 무거웠나 봐.

어쩌면 나 때문에 뒤집혔나 봐.

아마 평생 사랑할 너에게

나는 아직도 방향타도 없는 구명정에서 홀로 떠다녀.

크고 좋은 배들이 나를 거쳐 갔지만, 나는 그저 우리의

뒤집힌 배가 그리울 뿐이야.

뒤집힌 배에서 같이 물에 젖어선 그 모습에 서로 웃던

우리가.

그때의 뒤집힌 배가.

우리가 담긴 투지폰

우리에게 뻔한 얘기는 없었어.
뻔한 사람들은 아니었으니깐.

오랜만에 책상 서랍에서 꺼낸 낡은 투지폰에는
우리의 사진부터 문자 내용까지 그대로 있더라.
자음과 모음으로 만들어 낸 옛날 이모티콘은 지금과는
다르게 애매모호해서 다시금 묻게 만들고 했었지.
이걸 왜 지우지 않았을까.
난리를 치며 헤어지며 상처 주던 우리의 이별은
다행히 내 서랍 속까지는 미치지 못했나 봐.
우리가 처음에 무슨 대화를 했는지 기억이 나니.
떡볶이였어.
간장 떡볶이와 빨간 떡볶이
둘 중 뭐가 더 맛있는지 그런 얘기를 했어.
기억나지 않는 기억을 나도 잊고 있었지.

우리에게 뻔한 애기는 없었어.

뻔한 사람들은 아니었으니깐

우리의 사랑은 하나도 뻔하지 않았어.

마치 며칠 전에 끝나버린, 오래된 애니메이션처럼

어느 하나의 예측을 불허하며 그렇게 결말을 보였지.

이 낡은 투지폰에는 우리가 담겨있어.

너와 내가 겹쳐져선 그렇게 담겨있어.

이걸 보도고 지우지 않았다.

여느 날 네가 문득 생각이 나거나, 내가 스스로의 가치를

잃어버린 날에 읽어보려고 해.

다시금 오래 잊고 지낼 테지만.

아마 평생 사랑할 너에게

증명사진

물 대신 술을 조금 마시고
너의 증명사진을 지갑 깊은 곳에서 꺼내서 뒤집어
올려놔.
이젠 너도, 이 사진도 보내줘야 해.

아침에 일어나서 샤워를 하고, 머리를 만지고, 양복을 꺼
내 입고 지하철을 탄다.
강남역에서 내려서 지도 길 찾기를 하며 그럴싸해 보이
는 이름을 가진 건물에 들어선다.
조금 뒤 방송을 듣고 자리에 앉았지.
너의 결혼식에서 너를 바라본다.
손을 잡고 있기엔 너무 멀어 보이는 거리에서, 내가 꿈꾸
던 모습과는 다른 채로 손뼉을 치며 눈으로 너를 응원해.
그리고 집에 돌아오는 길에 오랜만에 맨 넥타이가 목을
자꾸 매이게 해서

조금 푸르고 목이 말라서 자주 가던 집 근처 포장마차에

서 물 대신 술을 조금 마시고

너의 증명사진을 지갑 깊은 곳에서 꺼내서 뒤집어

올려놔.

이젠 너도, 이 사진도 보내줘야 해.

눈을 감고 그냥 찬 바람을 느낀다.

아무 말 하지 않았고 아무 말도 생각나지도 않았다.

수많은 추억들을 바람에 실려 보낸다.

바람이 조금 춥게 느껴졌다.

그래도 조금 더 있어야 했다.

아직 다 실려 보내지 못해서

집에 들어가야 했다.

알고 있었으나, 그게 언제인지는 알지 못했다.

그냥 잔을 비워내었다.

백일몽 白日夢

쓰레기였지. 너와 헤어지고 만난 사람들에게서

너를 찾았었으니깐.

순수하게 사랑을 사랑으로 잊어보려 했을 뿐이야.

물론 각인된 사랑은 잊을 수 없음을 알게 됐지만

너도 종종 몰래 내 근황을 찾아보는 걸 알아.

그러면서 차단하지 않고 있어.

너를 기다리는 걸까.

네 연락이 오길 바라며 이러는 걸까.

가끔 내가 아는 네 주위 사람들의 소식이 올라올 때면

그 안에서 너를 찾고 있는 나를 종종 목격해.

아직도 우리가 가능성이 있다고 보니?

사랑이 뭐길래 이리도 흔들리게 하는 걸까.

너를 기다리는 게 아직도 내가 홀로 꾸는 백일몽일까.

아마 평생 사랑할 너에게

시간 지나 다시 봄.

벌써 봄이 오려나 봐요. 난 아직 준비가 안 됐는데

시간이 지나온 봄에게 나는 더는 할 말이 없었다.

정확히 1년 전 우리가 헤어졌다.

술, 담배로 남은 봄을 주위 사람들과 친구들로 여름을

일로 가을을 보내고 이젠 겨울마저 지나간다.

새순 올라오는 그런 봄이 다가온다.

핸드폰이 울린다.

"어디쯤이세요?"

그러게요, 난 어디쯤일까요.

벌써 봄이 오려나 봐요.

난 아직 준비가 안 됐는데.

준비되지 않은 채 시간이 지나 다시 온 봄에게

나는 더는 할 말이 없었다.

지키지도 못한 약속

나는 할 수 없는, 오래전 네게 내가 약속했던 것을
대신 이루어 주는 사람을 꼭 만나길바래.

너라는 존재가 무엇이어서.
나는 이리도 이유 모를 공허감을 채우지 못하고 있는
걸까.
나의 반복적인 삶을 버티게 하는 원동력이었고,
한때는 내가 가장 간절하게 바랐던 너였다.
그래서 너에게 고정된 온 신경을 피하려고도 했었지.
알고 있어. 이제 와 자신감 만으론
다시 너를 얻을 순 없는걸
미안해.
너에게 더 좋은 사람이 되어주지 못해서
그러니깐 너는 나와는 다른, 자신보다 너에게
더 헌신적인 사랑을 하는 사람을 만났으면 해.

아마 평생 사랑할 너에게

나는 할 수 없었던 몫까지, 힘들게 했던 양만큼 사랑해 줄
수 있는 사람을 말이야.
나는 할 수 없는, 오래전 네게 내가 약속했던 것을 대신
이루어 주는 사람을 꼭 만나길바래.

편의점 죽.

문득 보이는 편의점 죽은 그걸 떠오르게 한다.

나의 아픔도 가족이 아닌 누군가에게 사랑받을 수 있다고.

그날 기억하나, 네가 우리 집에 처음 온 날에

아파서 울며 죽 하나도 못 사러 가는데 끝까지 부끄러워

집을 안 가르쳐주던 나를 다그치고 우리 집에 온 날.

편의점 죽 두 개. 약국 약 들고 와선 먹이던 그날.

처음으로 알았다.

나의 아픔도 가족이 아닌 누군가에게 사랑받을 수 있다고

그래서 그 이후에는 내가 그렇게도 헐벗은 모습만 보였나.

그 미안함은 지금도 가끔 들어선 혼자 부끄러워한다.

이젠 네가 떠난 뒤지만 아파도 혼자서도 잘 지낸다.

아픔은 나에게 익숙했으니깐.

그런 나에게도 너의 아픔이란 건 아팠으니깐.

그것마저 이겨낸 내가 앞으로 겪을 아픔을 생각하면

　　　　　아마 평생 사랑할 너에게

벌써부터 무섭기도 하지만

문득 보이는 편의점 죽은 그걸 떠오르게 한다.

나의 아픔도 가족이 아닌 누군가에게 사랑받을 수 있다고

덕분에 난 사랑을 할 수 있게 되었어.

미뤄온 정리

지금 다 버려야 해.
남아있는 사진 하나, 편지 한 장이
내가 너를 다시 찾게 할지 몰라.

지금이야.
너를 보내고 2년 4개월. 딱 우리 만났던 기간만큼
그 정도 시간이 흐르고서야 결심이 서더라.
200장이 넘는 편지와 사진들을 모두 20리터 쓰레기봉투
에 쑤셔 넣었어.
원래 끝까지 채워서 버리는데, 이건 그냥 묶어서 버려버
렸어.
그냥 다른 생각은 하지 않았어. 그저 단 한 생각뿐이었지.
"지금 다 버려야 해.
남아있는 사진 하나, 편지 한 장이 내가 너를 다시 찾게
할지 몰라."

우리의 우연

우리 앞으론 그 정도 우연으로 마주치자.

기다리던 버스에서 네가 내리고 내가 타는

그 정도의 우연.

스쳐 지나간다.

내가 너를

니가 나를

우리가, 서로를

그냥 그런 사이가 된 거지 뭐.

띡. 띡.

서로의 울림을 듣기 직전 떠나는 서로 그 정도.

떠나가는 버스에서.

출발하는 버스에서.

서로를 바라보며. 잠시 눈을 좀 크게 뜨며.

서로를 그리는 우연.

이제 우리가 만날 우연은 그런 우연일 꺼야.

그러니 우리 그 정도 우연으로 보자.

내가 더 다가가서, 다음 신호까지 달리는 그런 추억도

이젠 없이.

앉기도 전에 잡은 손잡이와 남은 한 손으로 흔들던

추억도

그냥 이젠 다 지난 추억일 테니.

아마 평생 사랑할 너에게

연애 戀愛

"연애? 떼쓰고 찌질해지는 거."

친구와 술 한잔하다 술김인지 둘은 맞장구도 없이 창가
의 커플에게 눈을 돌리곤 얘기를 나눴다.

"야, 저 둘은 왜 저러는 거냐?"

친구의 물음에 쉬지도 않고 뱉어냈다.

"왜 보기 좋구먼, 니가 지금 안 하는 거 남들이 하는 게 꼬
운거냐."

친구는 다 비운 술잔 내려놓으며 말을 했지.

"아니, 그런 게 아니고 그냥 저게 뭔가 싶은 거지. 어차피
헤어지면 끝인 사람에게 뭐가 그리 대단하다고 쏟아붓고
의지하고 때로는 어른스럽지 못하기까지 하잖냐. 그런
게 뭐냐는 거지. 어느 순간부터는 서로 바라기만 하고! 맞
지?! 아니다, 사랑하는 것보단 사랑받는 게 좋은 거를 본
능적으로 아는 건가. 결국 대부분 서로의 무게를 못 이겨

서 헤어짐을 맞이하는 거잖아.

그래, 이렇게 물어보자. 도대체 연애가 뭐냐?"

나는 아무 말이 없이 그저 혼자 잔을 입으로 가져가며 대답할 뿐이었다.

"연애? 떼쓰고 찌질해지는 거."

친구는 내 대답에 너털웃음 짓고는 말한다.

"맞네, 떼쓰고 찌질한 거."

우린 모두 오늘도 그런 사랑을 한다.

떼를 쓰고 찌질하게.

어쩌면 가장 본능적인, 인간적인.

그래, 우린 모두 인간의 사랑을 한다.

아마 평생 사랑할 너에게

그래, 결국 이 책은 우리 이야기였던 거야.

헤어지잔 말에 너는 예상이라도 한 듯 이상한 말을 했다.

"같이 그릇 보기로 했는데."

그랬었지. 며칠 전까지만 해도 그랬지.

그런 우리가 지금 왜?

"그래도 다행이다. 식 잡기 전이니깐."

다행이라 여겨야 하는 걸까.

아니, 애초에 다행인 일인 걸까.

"결정에 후회할까? 우리 둘 다."

모르지, 할 수도 안 할 수도.

"다른 건 몰라도 하나는 듣고 싶네. 나를 만나서 행복
했어?"

"…… 사랑했어."

나의 첫 대답에 넌 웃으며 말한다.

"그래서 행복했냐고. 이 아저씨야"

"사랑했다고."

그리곤 아무 말 없이 너를 바라보았다.

너는 그제야 눈물 보이지.

"나도."

여러 커플이 오늘도 이별을 맞이한다.

그리곤 다시 이 책의 첫 장처럼 어떨 땐 서툴고, 어떨 땐

모든 게 우연처럼 맞아떨어지는 새로운 인연을 만난다.

중요한 사실은 그것일 테지.

우린 사랑받고 싶어 한다.

그런 마음으로 또 사랑을 주고 보답으로 사랑을 받는다.

서로 사랑을 주고받다가

더 큰 사랑을 만들기도 하고

소멸해 사라지기도 한다.

각자의 다른 방식으로 각자 다른 요건으로

우리는 각자의 사랑을 한다.

그러나 가장 중요한 건

우린 모두 사랑을 한다.

사랑을 했고, 사랑을 하고 있고, 사랑을 할 것이다.

아마 평생 사랑할 너에게

각자 다른 시간에서 다른 공간에서 서로 각자의 사랑을

만든다.

그것 어느 시간에 존재하건, 어느 공간에 존재하건,

어떤 방식과 형태를 가지던

이루어 말하자면 아름다운 사랑 그 이상일 것이다.

마음이 가는 길

모두들 지난 사랑이라며 욕했지만

나에겐 지금껏 가장 아름다운 사랑이었기에

끝내 놓아내지 못한 채 끌어안고선 목 놓아 울 뿐이었다지.

"지난 사랑인 걸 안다."

"돌이킬 수 없음을 안다."

"새로운 사람을 찾아야 하는 것도 안다."

그럼에도

"나는 지금 이 사람을 놓지 못한다."

그런 연락들을 계속 받고 있다.

타투도 한번 하면 지우는 데 훨씬 오랜 시간이 소요된다.

몸에 새긴 작은 잉크조차.

그런데 손으로, 타자로, 말로 쓰여놓았던 그 마음이 어찌

그저 한순간에 사라질까.

돌아가려 하는 나의 마음 뒤로 한 채

아마 평생 사랑할 너에게

그저 새 방향 찾아가라는 사람들의 말을 듣는다면 그게 정말 나의 사랑이었나 싶은 거지.

아, 돌아가지 말라는 말도, 돌아가라는 말도 아니다.

그 모든 결정을 마음에 맡기라는 거지.

헤어짐을 각오했다면 혹은 하고 있다면 적어도 우리가 했던 모든 연락을 되돌아보고

내가 그에게 했던 말, 그녀에게 했던 약속을 모두 되짚어 보고 결정하라는 거지.

'사랑하기에'라는 말로 시작되었다면, '사랑하지 않기에' 라는 말로 부여되는 의미 정도는 두라는 거다.

반대로 사랑을 거절 받았다면

그의 의미를 존중하고 이해해야겠지.

그럼에도 아직 사랑한다면, 다시 사랑하고 싶다면 시작 되었던 사랑처럼 다시금 변해야겠지.

내 잘못을 인정하는 것에 그치는 것이 아닌, 내 잘못을 그 사람이 용인할 때까지 다가가는 태도와 마음을 가져야 하지 않을까.

그 정도도 각오하지 못하고 다시 사랑하길 원한다면

내가 받기만 하던 사랑이 좋은 거지.

그걸 싫어하는 사람은 없으니깐.

괜찮아, 인간은 이기적 동물이니깐. 모두가 그러하니깐.

그럼 어떻게 해야 하나?

그 답은 하나인 거지.

"너의 마음이 가는 대로 하렴."

모두들 지난 사랑이라며 욕했지만

나에겐 지금껏 가장 아름다운 사랑이었기에

끝내 놓아내지 못한 채 끌어안고선 목 놓아 울

뿐이었다지.

이 결말도 네가 쓴 이야기는 다를 테니깐.

나의 이야기라 그랬다고

나의 결말은 이랬었다고

그리고 지금은 더 아름다운 책을 쓰고 있다지.

돌아오는 다시 그 계절에 우린······

계절이 올 땐 설렜고, 계절이 한창일 땐 질려했으며, 계절
이 간다니 아쉬워했다.

나에게 매번 오는 사랑도 그랬다.

다른 사람과 비슷한 만남.

결국 그건 계절과도 같았다.

계절이 올 땐 설렜고, 계절이 한창일 땐 질려했으며, 계절
이 간다니 아쉬워했다.

나에게 매번 오는 사랑도 그랬다.

처음, 중간, 끝.

설정만 조금 다른 이야기인 걸 알고 있음에도

나는 다시 그 계절을 받아들였다.

다시 설레고, 질리고, 아쉬워할 것 같다.

매년 다시 오는 계절처럼 난 거절할 수도 없었다.

우린 우리의 바람과는 다르게 매년 같은 계절을 맞이하니깐.

그건 피할 수도 없으니깐.

사랑의 정의를 굳이 나에게 묻는다면 "사계절"이라 답하겠다.

돌아오는 다시 그 계절에 우린 어떤 모습일지 난 또다시 설레어 온다.

겨울의 입구에서

김새벽